貓咪也瘋狂 01

WHAT'S MICHAEL? KOBAYASHI MAKOTO

小林誠

小林まこと

目錄

Vol.1

麥可登場

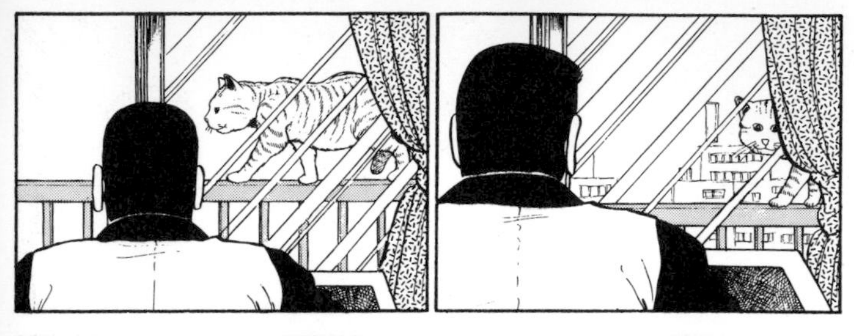

……

*抓抓抓
……

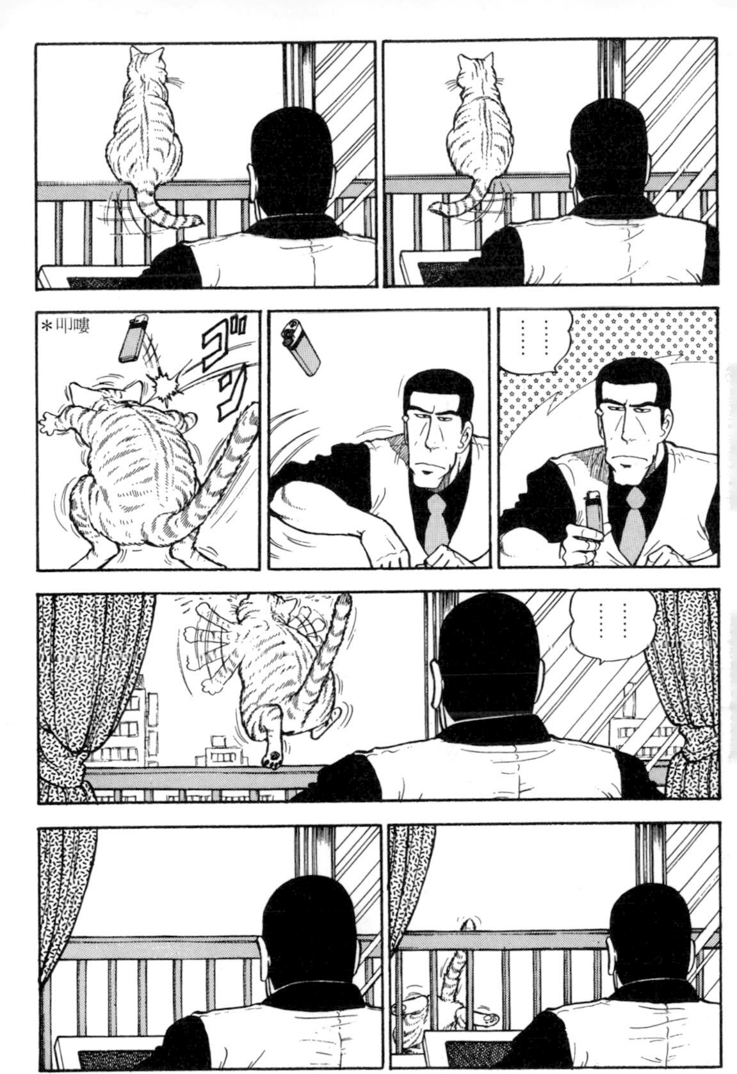
＊叩嘍
ゴン
……
……

……

發生什麼事了嗎？
嗯？

沒有，
沒什麼事……

……

喂……從七樓掉下去的話，貓也會死吧……
咦……

當、當然啊！就算是貓，從七樓掉下去也不得了啊！
幹嘛突然說這個啊……

……

……

麥可~

……
……

對不起！對不起！對不起！
千萬不要變成鬼來找我啊！
他全力祈禱……

THE END

Vol.2
美女和小貓

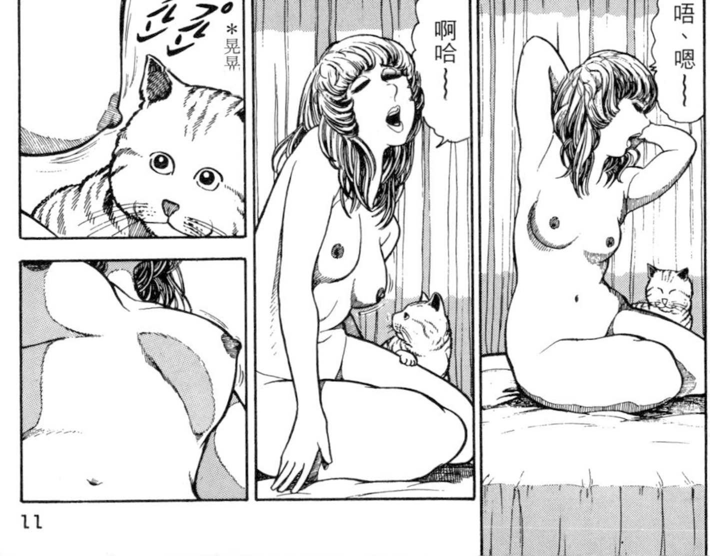
唔、嗯～～
啊哈～～
プルンプルン
*晃晃

喵

……

不行！不行！我說過要讓他安靜待著吧！貓咪負責人～～～！
抱、抱歉。

好孩子，乖乖的噢，麥可～～
動作快點！已經四個小時了，我一直這樣耶～～
聽好了，我們拍的是「美女和小貓」，
這不是小貓也就算了，居然帶了隻野貓～～

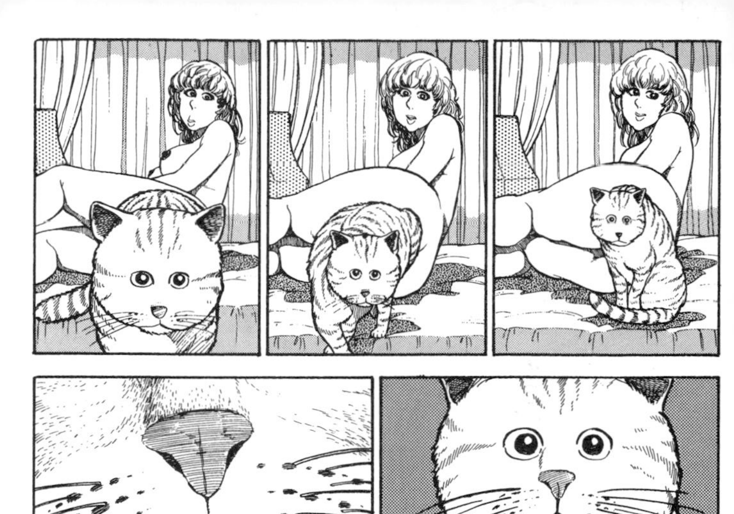

為什麼這隻貓無法安靜待著啊～～～！
抱、抱歉！他平常不是這樣的！

嗯哼～～

ブ~~ン
*嗡
喵

ブ~~ン
*嗡

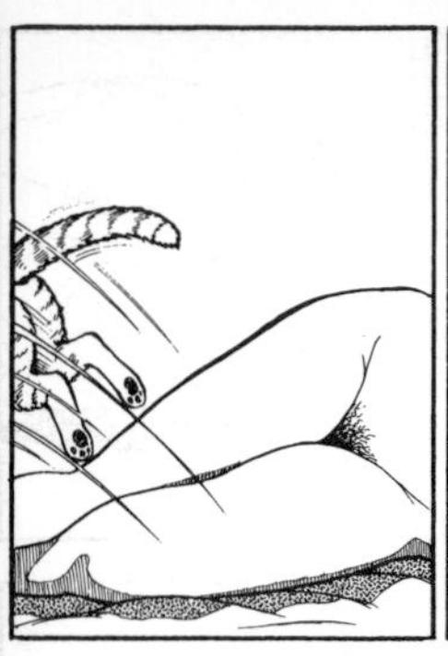

給我殺了那隻蒼蠅~~
是、是!
麥可~~好孩子,過來。
別鬧了好嗎~~我都要感冒了!

真的沒問題了!我已經讓他吃飽飽了!
好~~我們來拍了!

很好~~這個表情很棒~~
妳最棒了!

……

……
*沙沙沙！
ザッザッザッ

……
……
*嘎啦
ガラッ
*唰
シャーッ
シャーッ

呃，真的沒問題了，這隻貓也開始想睡了。
好～～那接著拍吧～～

THE END

Vol.3 恐怖份子T

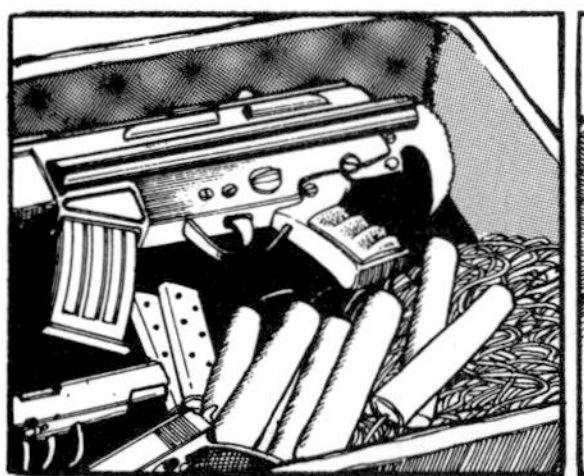

喔！不~~~
*磅
啊……
*嘰

嘰哩呱啦嘰哩
呱啦嘰哩呱啦
……
……
原、原諒我！
我不是故意要看的！
我什麼都沒看到
不會跟別人說的……

*砰
嘰哩呱啦~~~
嘰哩~~呱啦~
*喀
別殺我~~~
我愛你啊~~~

ダッ
*奔
ボンッ
*砰
ガサ…
*唦唦
嗯？
……

ボンッ
*砰
!!
ギッ…
*嘰

ボッ
ボッ
ボッ
＊砰砰砰
……
!!
……
ドドドドド
＊咚咚咚咚咚
……
……

THE END

Vol.4　麥可的一天

＊偷偷摸摸
ソォ……

＊偷偷摸摸
ソオ…
＊偷偷摸摸
ソオ…
＊偷偷摸摸
ソオ…
……
＊颯
サァッ
＊咻
シュポッ
……
……
＊撥撥
コロ…
＊滾滾
コロコロ…
コロ…

貓咪有一失敗就找東西出氣的特性……
……
コロコロコロコロ……
＊撥撥、滾滾
＊唧唧唧
チチチ……チチチ……
＊颯
サァッ
＊唧唧唧
チチチ……
チュンチュン
＊啾啾
＊啾啾啾
チュンチュンチュン……
＊偷偷摸摸
ソ……

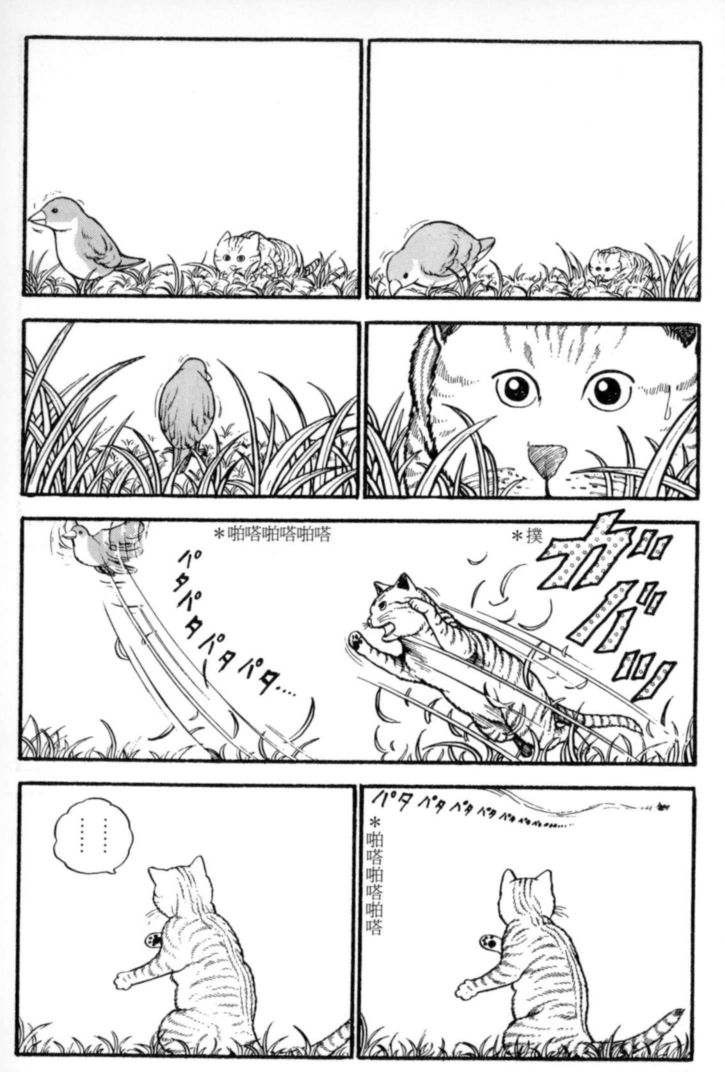

ガバッ
＊撲
パタパタパタパタ…
＊啪嗒啪嗒啪嗒
パタ パタ パタ パタ
＊啪嗒啪嗒啪嗒
……

THE END

麥可！
嗯？……

我們是警察，可以請你和我們到局裡走一趟嗎？
!!

Vol.5　小魚乾事件
……
……

快給我說實話！是你偷了三丁目夢露的小魚乾吧！
……

……

……

別想用洗臉混過去！
*磅
……

有人看到你在那個時間叼著小魚乾跑走！
假裝不知道是沒用的。

……

把耳朵轉向這邊聽我說話！
*咚
……

好！既然你要假裝聽不懂，那你看看這個！
*舉
這是現場留下的腳印！

嗄！

這個腳印和你的一樣！
別小看警察～～！

哎呀……
我不知道呢……

閉嘴！
你這麼驚訝就是證據！

你、你在說什麼啊？
我哪裡有驚訝的樣子？

那，你的尾巴是怎麼了啊！
呃……

快說！是你幹的吧！
…………
……

咦……
ブゥ～～～ン
*嗡

*嗡
ブゥ〜〜〜ン
*嗡
ブゥ〜〜〜ン
*跳
*跳
*追
*咚咚咚咚
呼哈呼哈呼哈……
呼哈呼哈……
趕快給我招來！我已經看穿你的把戲了！
嗯哼。
可是警官，
我可是握有你的把柄呢！

什麼！

你剛剛大便之後，因為嫌麻煩，沒用沙子掩埋吧！
我看到囉！

呃……

……
ペロン
ペロン
＊舔舔

就算你想用洗臉混過去也沒用！你的尾巴露餡了！
糟……

少囉嗦！我們現在談的是小魚乾事件！
ピッ
＊轉
嗯……

你是說，上完廁所不埋起來也沒關係嗎！
ピッ
＊轉
欸……

嗯……

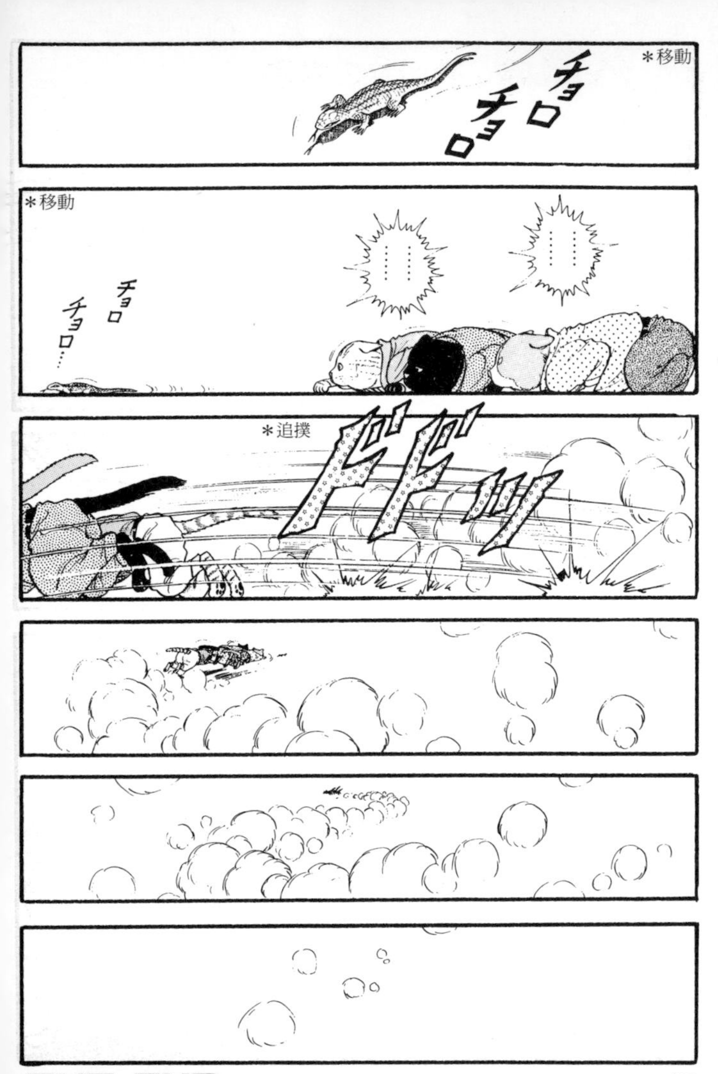

THE END

Vol.6 麥可V.S.洛基

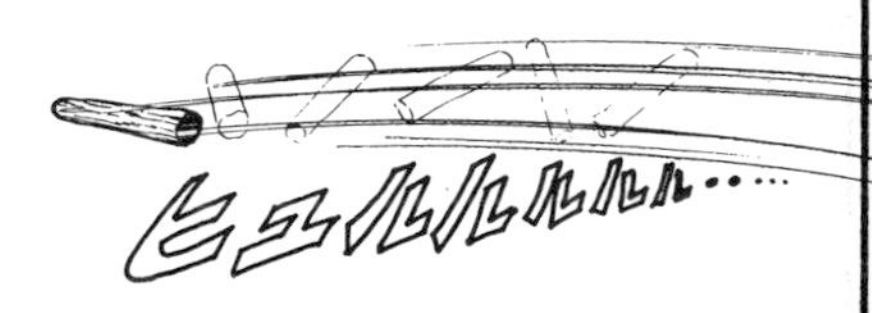

一一、二二
汪汪汪
タッタッタッ
＊噠噠噠

……

好～～開始囉，麥可！
＊抓

嘿！
＊飛轉

衝啊！麥可！

去啊！
去啊！

去……

…………

這個丟出去之後你就這樣撿回來！
不覺得很有趣嗎？

好～～
那我們再來一次！

……

好吧……我們不玩這個了……
接下來一起跑步吧！

走吧麥可！
上啊！

來啊……
……
……
……
……
＊叩嘍
……
ゴン
……

那什麼眼神！
你可以這樣看主人嘛！
你這渾蛋！
我可是因為很在意和你之間的親密接觸，才特地撥時間的耶！
難道不懂我的心情嗎？
……

……
等等……

好吧……我不說了……我一個人去跑了喔。
如果你想一起跑的話，就跟上來，我不會介意的。

THE END

Vol.7 貓咪行星

*註：王者基多拉是日本東寶電影公司拍攝的「哥吉拉」系列電影中的邪惡怪獸。

嗨~~
這裡是貓咪行星。
大家都說地球上的人類是由猿猴進化而來，
這個星球上的人，則是從貓進化成人形。

所以這個星球上的人，有八個乳房噢~~
接下來，各位覺得這個是什麼？
這是商店的招牌噢！
NSWIS
哦~~原來如此~~
原來如此~
只要人類伸出手指對著貓咪，貓咪就會有湊上去聞一聞的習性……

所以把招牌做成這種形狀，就會勾起大家之前貓的習性，不由得走進店裡。
原來如此啊~~

走在路上經常可見這樣的東西，你知道這是什麼嗎？
這個可以讓人一邊磨爪子一邊伸展噢～～

接著我們來到公園，你們知道這又是什麼嗎？
應該是暖桌吧！嘰嘰呱呱

啊……對面走來一對情侶……我們一起來看看吧……

*註：木天蓼是一種藤類植物的果實，能讓貓咪感覺放鬆、愉悅或出現類似酒醉的反應。

這很簡單啊，
因為那個星球上的人原本是貓，他們最擅長的就是走路不發出聲音。
嗯~~很有道理，但是答錯了……

我知道了！
因為喵星人到晚上還是能看得很清楚！
唔……可惜還是答錯了！

各位觀眾，我們來看看正確解答~~

我們來問問這個星球上的警察，
這是我們的翻譯麥可先生。
為什麼小偷那麼多呢？
呸啦呸啦呸啦呸啦

噗啦噗啦噗啦

因為現在是年底。

就是這樣～～

好啦～～正確答案是「因為現在是年底」～～
大家都差一點點呢～～

這一點也不有趣啦～～！
什麼貓咪行星啊～～！
那，我們下週見～～！

THE END

Vol.8 麥可的相簿

麥可來我家。
兩個月大。

爸爸是貓奴？

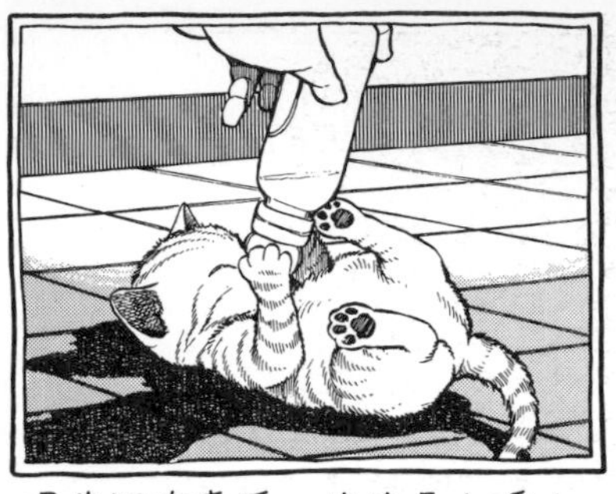

喝牛奶的麥可，快快長大噢！

在玩逗貓棒的麥可，
他最喜歡逗貓棒了。

愛撒嬌的麥可。

六個月大，麥可已經完全成為
我們家的一份子了。

在看什麼呢？

麥可好可愛～～
我・好・幸・福♡

麥可的相簿7
麥可的相簿7
パタン…
＊闔上

到了現在……

＊點火
カチッ

……

……

パタパタ
＊啪嗒啪嗒
パタパタパタ
＊啪嗒啪嗒啪嗒

パタパタパタ
＊啪嗒啪嗒啪嗒
パタパタ……
＊啪嗒啪嗒

……
……

喂～幫我泡杯咖啡……
好～

THE END

Vol.9
黑道講座

黑道……
綽號K……

黑道開的
自然是賓士，
就算豐田出了
「皇冠」那樣的
豪華款，
也絕不能開
「卡羅拉」
那種房車
……
黑道必須
打扮得讓人
一眼就看得出
是黑道……

不管怎麼看
都像黑道
的他
……
有個一點也
不像黑道的地方……

一般來說，
黑道養的
是「狗」
……

他卻是
養「貓」
……

キッ
＊嘰
喵～～
ダダダ…
＊嗒嗒嗒
喵～♪
咕嚕
咕嚕
……
バッ
＊跳

但是……
ゴロゴロ
ゴロゴロ
*咕嚕咕嚕

要是這情景
被組裡的後
輩看到……
該怎麼辦
才好……

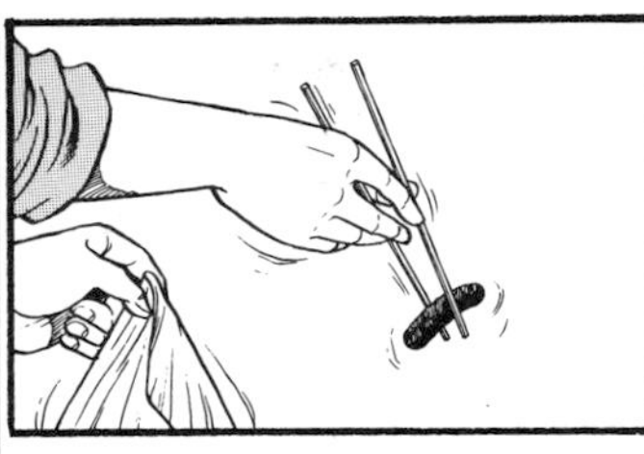

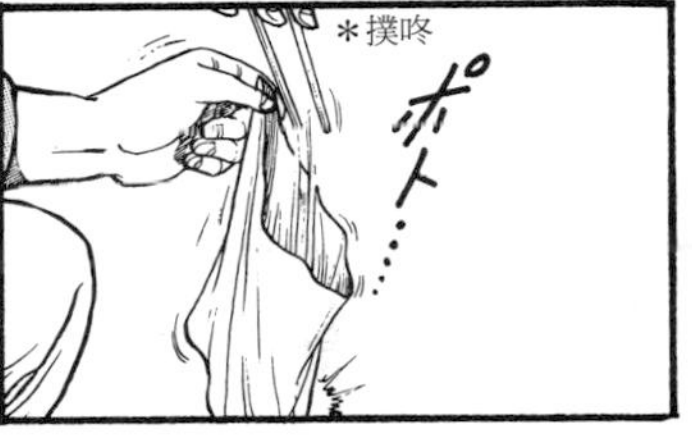
*撲咚
ポト……

更何況……
要是撿屎的
時候被看到
……
I ♥ PET

……
……

還、還有
……
要是我每個
月買《貓咪
手帖》的事
曝光……
猫の手帖
猫の手帖

再、再加上……

最近好嗎？
謝謝你寄來可愛的麥可
照片。
我們家栗子上禮拜生了
隻小貓噢！
下次再寄照片給
五隻小貓的名字
對了，聽說麥可拉
嚴重，應該不用擔
下次見囉！
謝謝你的來信。
前幾天，我們家皮皮
抓了獵物給我。

和青森、秋田、新潟、名古屋的貓友通信的事如果被發現……

キコキコ…
＊嘰叩嘰叩

還、還不只這樣，如果……
喵～～喵～～

如果講談組
那些傢伙
殺進來的話……
K！
納命來！
*闖入
!!
*掀開

待續

（請當作沒有待續……）

Vol.10 黑暗中有貓在喵

晚安，
麥可、昆西、漢考克、黛博拉、鮑伊。
……

嗯……
唔～
呼呼……
唔～
吁～吁～吁～吁～
吁～吁～吁～吁～
ガバッ
*起身
呼哈呼哈
呼哈呼哈
呼哈～呼哈～
……

＊慢慢移動
のそ…

嗯……唔~~
唔~~

呼哈呼哈呼哈呼哈
唔~~

吁~~吁~~
吁~~吁~~

可惡！不要上來啦！
ガバッ
壓到我不能睡了！
＊跑
ダダッ
＊起身

呼哈
呼哈

……
……

呼……

不要那種表情嘛，
對不起啦！

來，一起睡吧！
麥可、昆西、漢考克、黛博拉、鮑伊。

哎……沒辦法……
明天再好好道歉吧！

晚安~~

THE END

Vol.11　麥可的祕密

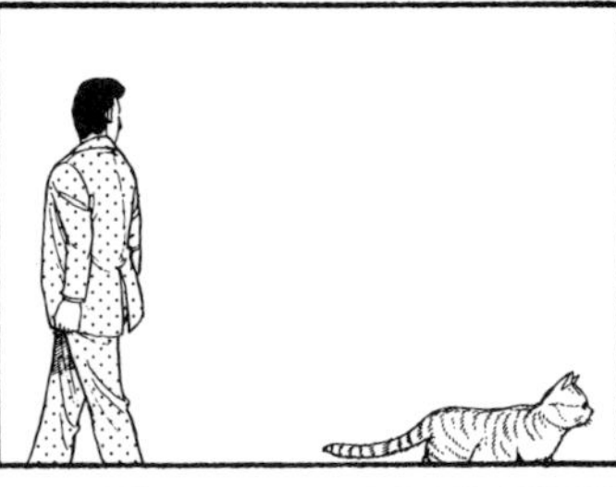

……

嘖嘖嘖嘖……

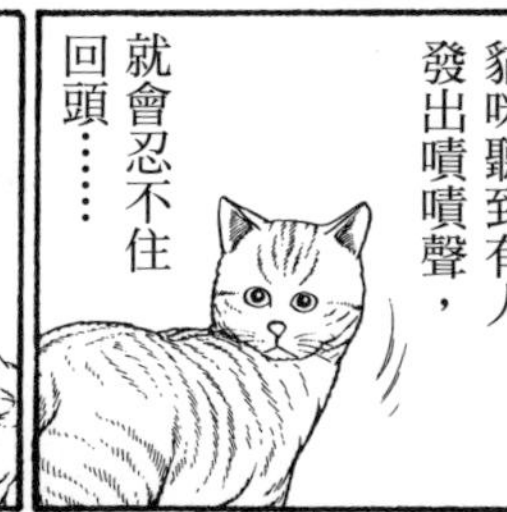
貓咪聽到有人發出嘖嘖聲，
就會忍不住回頭……

如果他再伸出手指……

……
就會跑去
聞聞味道……
クン
クン
*嗅嗅
相反的……
如果讓貓咪
聞到牙膏的
味道……
ニョキ
*擠
……？
クンクン
*嗅嗅
咪呀~~
就會逃走……
如果是……

拿著逗貓棒啪嗒啪嗒揮動……
パタパタ
パタ
＊啪嗒啪嗒啪嗒

……
パタパタパタ
＊啪嗒啪嗒啪嗒

……

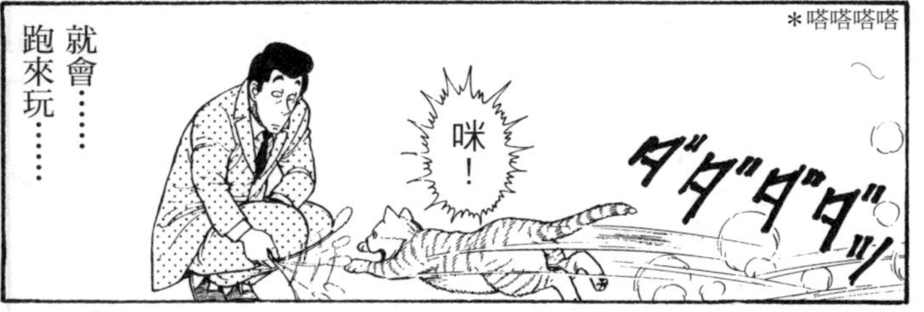
＊嗒嗒嗒嗒
ダダダダッ
咪！
就會跑來玩……

如果……

拿出橘子給貓咪……

クンクンクン
＊嗅嗅嗅

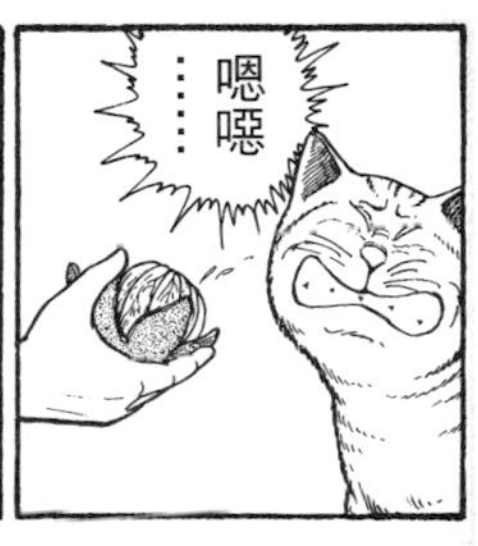
嗯噁……

就又逃跑了……

但是……

如果聽到開罐罐的聲音……
キコキコキコ
＊嘰叩嘰叩

＊嘰叩嘰叩
キコキコキコキコ

……
＊嘰叩嘰叩
キコキコキコ
キコキコ

……
キコキコキコ
＊嘰叩嘰叩

喵～～
就會開心地跑過來……
＊嘰叩嘰叩
キコキコ…

可是……

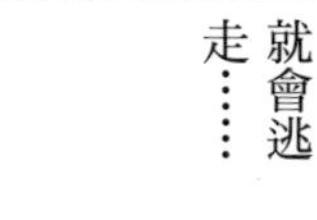

THE END

Vol.12 我愛貓

我回來囉，麥可～～
……
今天有乖乖的嗎～～
我今天也有認真工作噢～～
……
嘿咻！
麥可長大了呢～～哈哈哈哈哈
咪呀！
麥可討厭這個男人……
咪呀，咪呀！
*亂揮

欸~~他很開心耶~~
那太好了~~
……

這男人感覺不到我討厭他嗎？

好乖喔，這麼開心啊~~
喵！

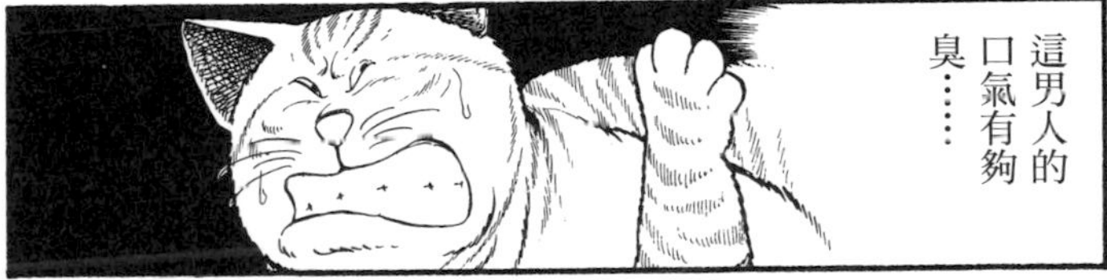
這男人的口氣有夠臭……

來，麥可，我們來玩~~

你看你看你看~~快過來~~
……
パタパタパタ

這男人不知道我對這玩意兒早就膩了嗎……

＊啪嗒啪嗒啪嗒

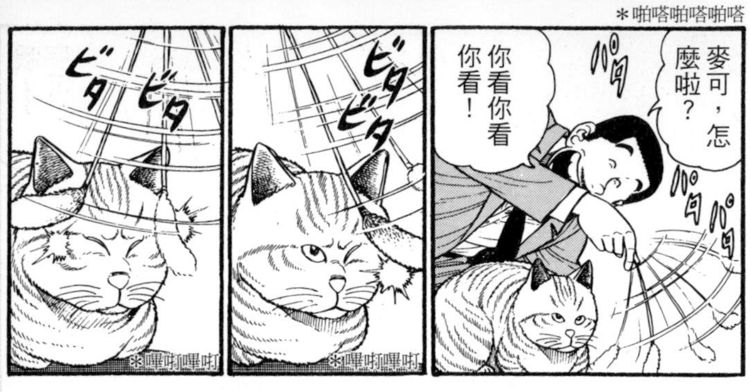
＊啪嗒啪嗒啪嗒
麥可，怎麼啦？
パタ
你看你看你看！
パタ パタ
ビタ ビタ
＊嗶吋嗶吋
ビタ ビタ
＊嗶吋嗶吋

夠了沒！
喵！

喂～～他玩得很開心呢！哈哈哈哈哈
那太好了～～
……

好～～洗完澡了，
來睡吧～～

欸，麥可呢？
啊？我沒看到……
是不是在哪睡著了？

喂~麥可~~
來睡覺囉~~
麥可~~
麥可~~
小麥麥~~
麥可~~
……
別開玩笑了，
和那種傢伙一起睡，他不是一直玩我的肉球，就是把手戳進我的耳朵或蓋住我的鼻孔，要不然就是把我的手舉到頭上，或者把我的手跟腳扭過來折過去的，玩到自己想睡了才會放手……

THE END

Vol.13　貓的怨念

這公寓再怎樣也不能養寵物吧！
一把年紀了，腦子都在想什麼！
而且貓還會掉毛、破壞家具，不只要給他吃，還要幫他鏟屎！
可、可是，妳……他們被丟在公園前面……

如果現在又被丟掉，
一定會全部死掉的……

不准養！

而且貓還要磨爪子、又會打呵欠，還會放屁跟生小貓……
就算是這樣……

那我來丟！
拿來！
啊……

妳……
如果做了
這種事……

怎樣！

他們會
變成鬼
喔……

說什麼蠢
話啊！
……

＊啪噹
バタン
……

……

然而
入夜後……

＊沙沙沙！
＊沙沙沙！
嗯……
＊沙沙！
……
＊沙沙沙！
＊沙沙！
啊！

ザ
ザ
*沙沙沙沙！
妳……
妳在做什麼！
ザ
ザ
*沙沙！
喵！

那、那是……
貓大便之後撥沙子蓋的動作……

看屁，喵~~
被、被附身了嗎？

貓的怨靈確實存在……
如果……你的周遭有人上完廁所
會做出撥沙子掩蓋的動作……
那他應該就是被貓靈附身了……

THE END

Vol.14
給貓金幣，給麥可小褲褲

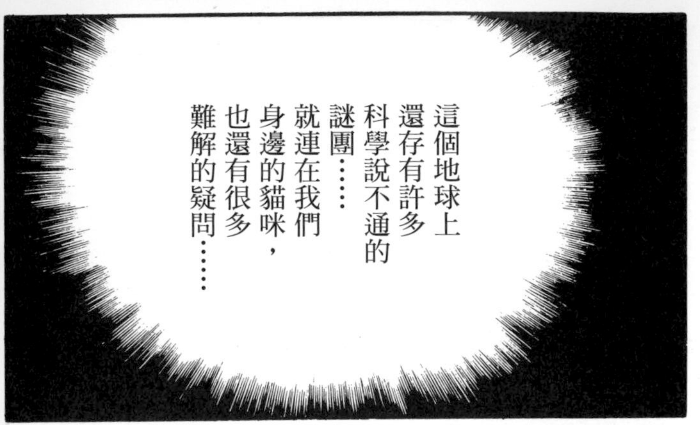
這個地球上
還存有許多
科學說不通的
謎團……
就連在我們
身邊的貓咪，
也還有很多
難解的疑問……

舉例來說，
這裡有一隻貓……

然後像這樣，
開始搔這隻貓
的脖子……

ゴロゴロ
ゴロゴロ
ゴロ…
*咕嚕咕嚕

貓居然就開始
發出咕嚕咕嚕
的聲音，
然後開始
摩蹭我……
貓咪還有很多
像這樣奇怪的
舉動……

＊註：給貓金幣比喻將有價值的東西給不懂欣賞的人，是一種浪費。

接著，貓咪會從這裡進來，
到底貓咪會對小褲褲做出何種反應呢？
我們來請提供小褲褲的歌手琳達說幾句話。
我好緊張！

那麼，請開始實驗！

*滋——

好，貓咪進場了。
到底會怎麼樣呢!?

喔！他在抓頭！
這、這是什麼意思呢？
ガッガッガッ
＊抓抓
啊！終於注意到小褲褲了！
他正在靠近～～～！
＊嗅嗅
クンクン
哇喔～～他開始聞小褲褲囉～～
仔細確認味道中。
クンクンクン
＊聞聞

然後好像開始思考什麼……
到底在想什麼呢？
＊沙沙沙！
啊！
ザッザッザッ

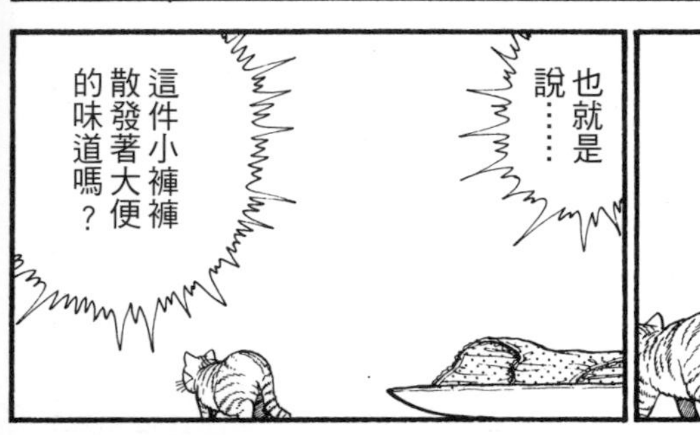

貓咪是愛乾淨的動物，所以有掩埋臭東西的習性……

如果，貓咪在你的身邊，做出掩埋東西的動作，那就是覺得你很臭的緣故。

THE END

Vol.15 恐怖的訪客

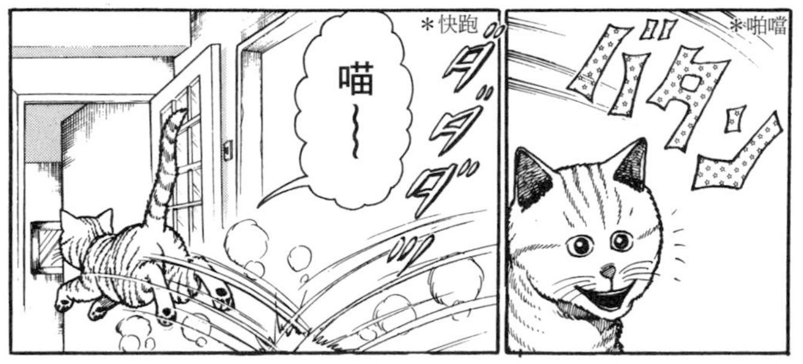

喵～喵～
咕嚕咕嚕
喵？
!!
ザッ
*颯
……
ダダダダ
*嗒嗒嗒嗒

呼哈、呼哈
*嘰叩嘰叩
*嘰叩嘰叩
*嘰叩嘰叩
*嘰叩嘰叩
……
!!

ダダダダ
＊嗒嗒嗒嗒
……

呼哈
呼哈
呼哈
……

……
!!

!!
……
ダダダッ
＊快跑
……
咪呀！
喵啊～～

THE END

Vol.16
麥可和蒼蠅

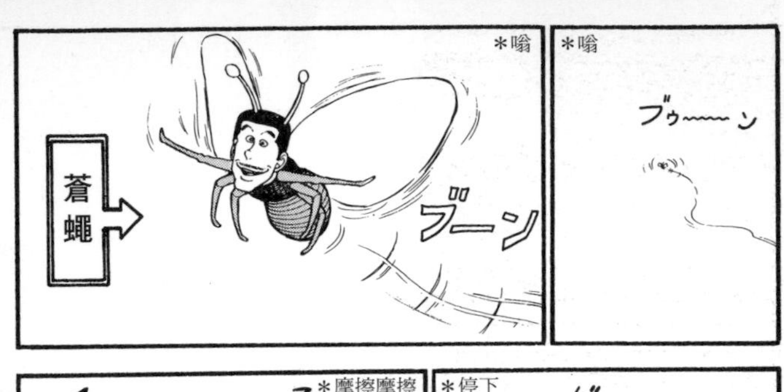
＊嗡
蒼蠅
ブーン
＊嗡
ブゥ~~~ン

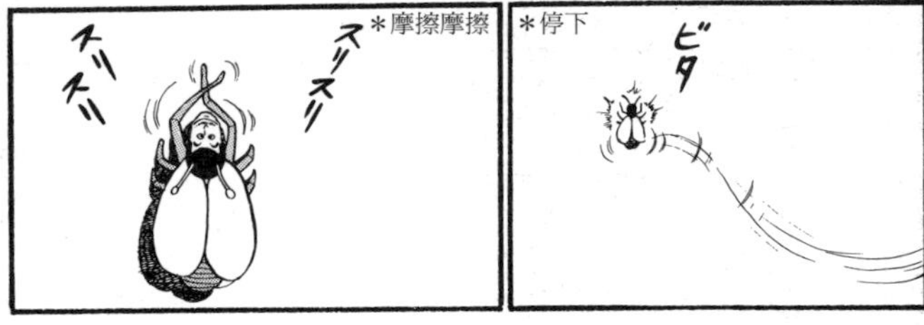
＊摩擦摩擦
スリスリ
スリスリ
＊停下
ピタ

＊啪
呀！
びだん

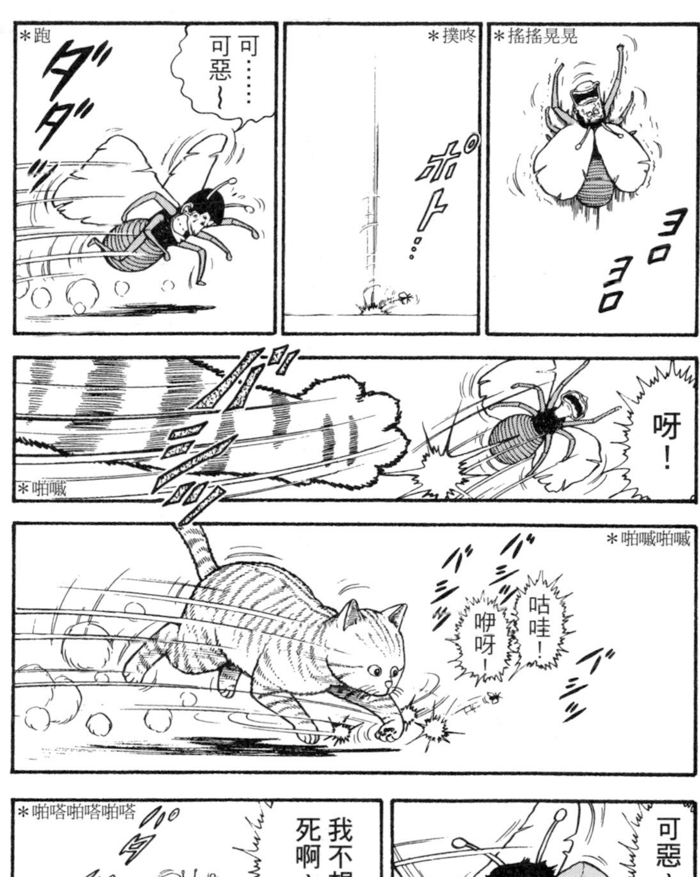
＊搖搖晃晃
ヨロ ヨロ
＊撲咚
ポト…
＊跑
ダダダッ
可……可惡～
呀！
＊啪嘁
ズバ
＊啪嘁啪嘁
バシッ
咕哇！
咿呀！
バシッ
バシッ
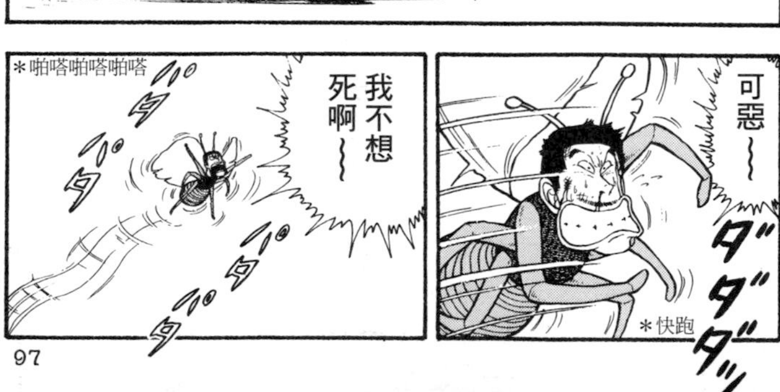
可惡～～
＊快跑
ダダダッ
＊啪嗒啪嗒啪嗒
我不想死啊～～
パタ パタ パタ パタ

ビタン
＊啪
啊！
＊撲咚
ボト…
……
……
嗅嗅
チョン
＊輕撥
ゴロン
＊滾動

……
……
呵啊……
*抓抓抓
就、就是現在！
*跳
*衝
ダァーッ
……
……
*踩
ビタッ
啊！

THE END

呼～
嘶～

這個女的早上起不來……

可是……
カチッ
＊咔嚓

Vol.17 續・黑暗中有貓在喵
＜麥可的反擊＞
ZUSHI MA
SINCE 19

呼~~
嘶~~
……
……
……
……

喵~~
（肚子餓了~~）

呼~~

……
……

喵~~
（肚子餓了~~）

嗯啊~~
バサッ
＊啪唦

呼~~
嘶~~

喵~~
(肚子餓了~~)
喵~~
喵~~
喵~~

啊~~
*揮
ダダッ
*跑

↑ 養貓的人都知道，恐怖的按摩攻擊！

呃啊～～

吼～～

呼嘶～～
……
……

嗯～～
喵～～
喵～～

我知道了啦～～
我起床就是了，我起來了～～！

就這樣，這個女人就是靠貓咪才能每天順利起床……
喵～～
喵～～
喵～～
THE END

呵啊～～
キコキコ
キコ
＊嘰叩嘰叩

託貓咪的福，這個女人每天早上都能不賴床，可是……
キコキコキコ
＊嘰叩嘰叩
喵～～
喵～～

ジリリリリリリリリイイン
＊鈴鈴鈴鈴

Vol.18
少女的報恩

嗯……
就是啊，

對啊，每天都打麻將打到那麼晚回家，當然會想唸他啊！

嗯，
嗯……當然啊！
ラブリー

咪啊～～♪
咪啊～～

嗯嗯，我懂啊，所以妳別再哭了。
喵～～

嘎～～!?他說了這麼過分的話嗎？
喵～～
喵～～

嗯……啊……等我一下。
咪啊～～♪
喵！
咪啊～～

吵死了～～
安靜點啦～～！
*跳

啊，抱歉，
咦？沒有啊！嗯，然後呢？

嗄～～!? 那太過分了吧！對啊、對啊！
喵嗚～～
喵嗚～～

啊……等我一下……
喵嗚！
喵～～
喵嗚

喵！

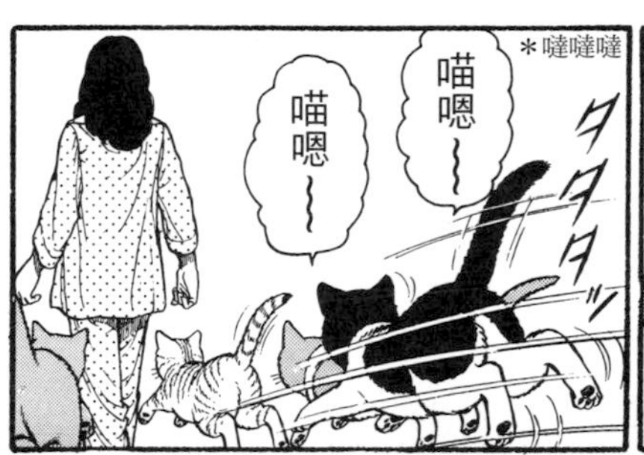
*噠噠噠
喵嗯～～
喵嗯～～

喵……
……

チャ…
＊喊呀

……
＊唰啦啦
＊嘰
喵～～
喵～～

喵嗚～
喵嗚～

對嘛、對嘛！
這樣站在女生的立場是要怎麼辦？

喵！
＊跳
嗯嗯，然後他怎麼說？

喵～～
＊抓
好痛～～
可惡～～
＊甩
啊、沒什麼，
嗯，然後呢？

喵嗚～～
喵嗚～～
喵嗚～～

嗯，
啊……可以再等我一下嗎？
喵！
＊奔

THE END

大家好~~~！
我是記者
北條志乃。
Vol.19
麥可貓咖啡廳

MICHAEL
我們今天
來到前幾
天在橫濱
開幕的
「麥可貓
咖啡廳」！
營業中
猫喫茶
マイケル

接著我們就
來看看貓咪
咖啡廳是什
麼樣的店，
一起進去瞧
瞧吧！
打擾了~~~

哇~~
好可愛
唷~~~!

MICHAEL

請看~~這間店的四周是用玻璃圍著的,
裡面居然養了三十隻以上、附有血統證明書的優秀貓咪呢~~!

除了波斯貓、喜馬拉雅貓、暹羅貓、阿比西尼亞貓、美國短毛貓等，連超少見的布偶貓、捲毛貓之類的也看得到唷～～
貓咪廁所當然是在從這裡看不到的地方，也隔著玻璃，不會聞到異味噢！

這樣一來，客人就能坐在這裡，
一邊看著可愛的貓咪，一邊品嘗咖啡囉～～

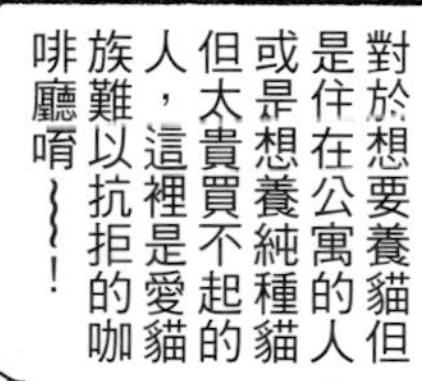
對於想要養貓但是住在公寓的人，或是想養純種貓但太貴買不起的人，這裡是愛貓族難以抗拒的咖啡廳唷～～！

接下來，為您介紹
開設這家店的店長。

這家店裡的貓，全都是店長養的嗎？
是的。
但還是有留給貓咪充分運動的空間呢，而且因為與二樓的店長家相連，貓咪可以毫無壓力的出現在客人面前。
沒錯。
但是，這裡有這麼多可愛的貓咪，
一定也會有很多正妹跑來吧！
不……
*咖啷咖啷
カランカラン
啊！有客人來了～～
カランカラン

……
……
ゴロン
＊滾動

THE END

Vol.20
麥可回家了
喵~~
CAT
SALOON

哇~~好可愛唷~~
怎麼會有這隻貓？

呃~~這是我們公司的客戶，一個叫席維．斯斯特龍的美國人養的貓，
斯斯特龍先生因為要暫時回美國，所以將貓寄養在這裡，可以嗎？他的名字是麥可……

原來是這樣啊，麥可～～
當然可以啊～～我最喜歡貓了！

但……但是，
養那隻貓可沒這麼簡單。

沒問題的啦，
別看我這樣，我可是從小就養貓了呢～～

不是啦……
其實那隻貓……

聽不懂日本話……

嗄……

＊抓抓抓

過來~~
麥可~~

過來，過來。

……

……
……

咖……

咖夢！（Come on）
麥口~~

……

!!
!!

……

怎、怎麼不行？我說英語了啊……
嗯～～

會不會是發音的問題？
咦？

咳咳！

咖嗎～嗯
麥～依摳！
咖嗎～嗯！

喵～～！
＊噠噠噠

太好了～～他聽懂了～～
太棒了！
噢～～耶斯～～

＊嗒嗒嗒嗒
呼哈
呼哈
ダダダダッ

嘿～～麥～～依摳！
咖嗎～～嗯！麥～～依摳！

＊跑
ダダッ
喵～～～

噢～～耶斯～～又成功了！
棒～～這樣就完美了～～耶斯～～

嘿～～麥～～依摳！
接下來要跟你說廁所在哪裡囉！北鼻～～～！

This is just as in your restroom.
（這就是你的洗手間）
Do you understand?
（聽得懂嗎？）
TOILET

……
……

噢～～
不～～
＊衝

怎麼了～～
文……文法好像弄錯了～～
English
教訓——絕對不要讓外國人寄放他的寵物……

THE END

Vol.21

病魔退散！加油啊麥可！

給我等一下~~
為什麼看到這個籠子就要跑~~
*嗒嗒嗒嗒

*跳
慢著~
*抓

*亂揮
不要抓住水管~
咪啊~
咪~

來，進去！
喵~
咪—
喵~
*亂揮

感冒變嚴重要怎麼辦~！
喵—
咪—

喵—
咪啊—
咪啊—
不要反抗了~！

喵～～
咪啊～～～
嗚喔～～
嗚喔～～
喵～～
安靜一點！
……
ブゥ――ッ
＊噗嗡嗡

栗針動物愛護病院
犬·猫·他 TEL 945-1111

給我出來～～！
真是的～～
我來幫忙吧！
不要在裡面不出來～～！
ブンブン
＊搖晃

終於出來了！
呀～～
＊抓扒

啊啊！
＊抓抓
喵呀～～

好痛痛痛痛痛～～！
給我出來～～
モゴモゴッ
＊鑽

吼～～

好痛痛痛痛痛～～！

接下來麻煩您了。

好的。

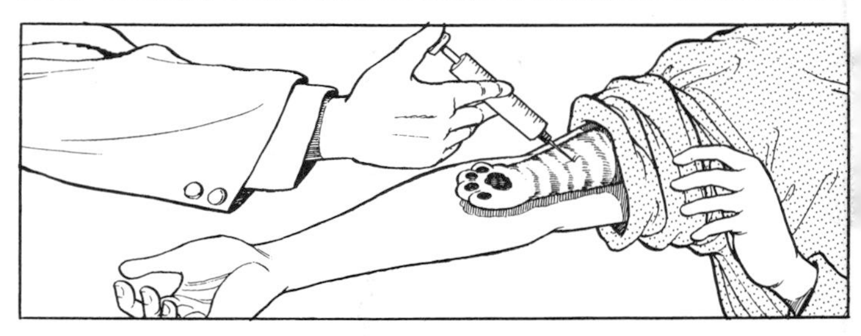

結束囉麥可，回家了！
*嗖
ザァッ
……

THE END

請趕緊去避難！
喵吉拉來啦！
咿呀～～！
救命啊～～
＊咚咚咚咚
Vol.22
喵吉拉
＊現身
喵嗚
出來啦～～
是喵吉拉啊！
啊呀——

嗯……

ガァーッ
＊轟——

咿呀～～
喵喵喵嗚～～！
＊磅磅磅

＊飛行聲
キィーン

＊壓倒
喵！
＊跳
ピョ
哇啊～～

＊嗡
ブーン
嗯……

＊現身
快逃啊～～
哇～是喵吉拉啊！
哇啊～～呀～～
＊哇——
＊咚咚咚咚
OTOWA

＊噓噓

＊聞聞

＊沙沙沙！

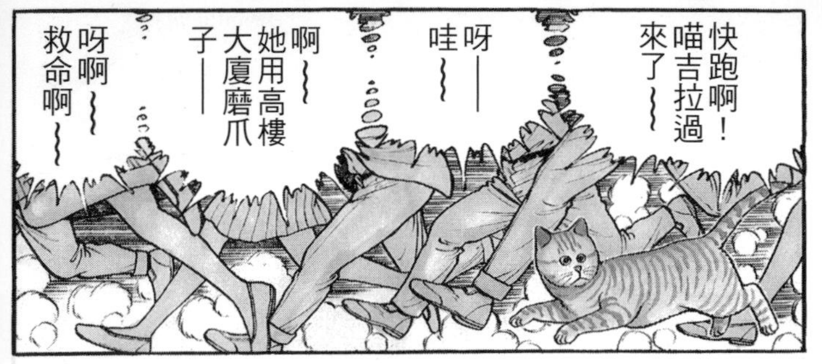
快跑啊！喵吉拉過來了～
呀——哇～
啊～她用高樓大廈磨爪子——
呀啊～救命啊～

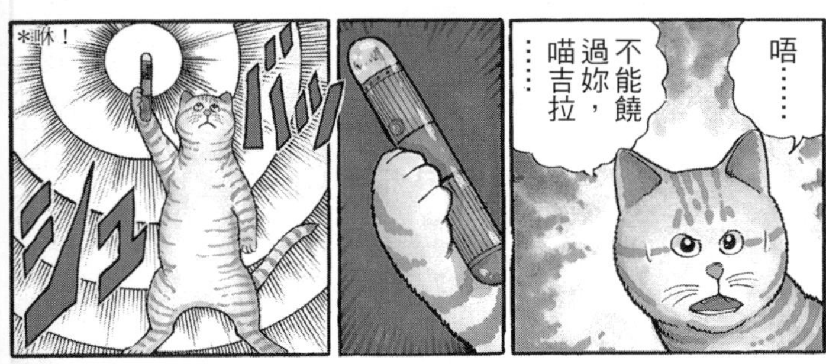
唔……
不能饒過妳，喵吉拉……
*咻！

*滋嗶嗶嗶
喵……
啊！
PARCO

那是……！
是麥可貓啊！
麥可貓來救我們了～～！

他為了我們，要與喵吉拉決鬥！
加油啊麥可～
麥可～～～！
*哇——
*哇——

哼～～

唔……

吼～～
……
……

THE END

Vol.23 某天晚上發生的事

……

……
＊嗅嗅
クンクン

＊聞聞
クンクン
……

＊嗅嗅
クンクン
＊聞聞
クンクン

＊咬住
パク
＊嚼嚼
ムシャ…ムシャ…
……
＊嗅嗅
クンクン
＊啪嘁
バシッ
……
＊嚼嚼
ムシャムシャ
スコッティ
スコッティ

這個啊，那個啊～
ジャンジャン
＊鏘鏘
這樣啊，那樣啊～
ジャンジャン
＊鏘鏘
耶～～

*鏘鏘鏘
喂，擋住了……
ジャンジャンジャン
*鏘鏘
……
ジャーンジャンジャン
*鏘鏘鏘
ジャン
*鏘鏘
ジャーンジャーン
……
……
……

有人在家嗎？

不好意思，想請你幫個忙……
你有沒有看到一隻虎斑貓……

如果妳是找虎斑貓，他在這裡。
咦……

真不好意思，給你添麻煩了～～！
不會……

麥可，你不能就這樣跑去隔壁鄰居家啊～～
喵……

THE END

好～～！
結束這局吧～～！

Vol.24
賭上白球的麥可
喵～～
CAT
CATFOOD

聽好了，我們可不能輸給貓啊！
汪！
開始！
CAT
DOGFOOD

*註：噴射球是直球的變形，投手在投球的過程中食指多用些力而產生了變化。

太好了~~
衝啊衝啊~~
＊哇——
喵！
汪！
＊快跑
ダダダッ
＊嗒嗒嗒嗒
ダダダダ
……
コロコロコロ…
＊滾滾
……
＊撥
コロ…

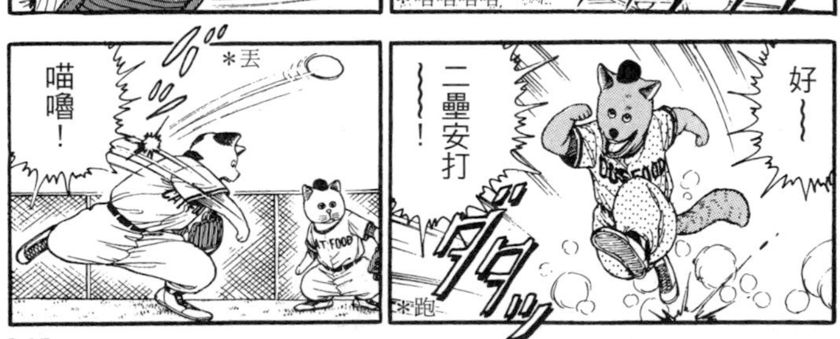
喵喵
喵~
＊滾滾
コロコロ…
＊嗒嗒嗒嗒
ダダダダダ
不要在那邊坑~~
二壘~~傳二壘啊！
好~~
二壘安打~~！
＊跑
ダダッ
＊丟
喵嚕！

＊咻
シュビビビ…
二壘在睡什麼覺～～！
＊快跑
好耶～～衝啊衝啊～～
コロコロ…
＊滾
＊哇──
好～～前進本壘～～！
汪！
＊嗒嗒嗒
可惡！
＊丟
喵！
＊快跑
＊嗡
ブーン
安全上壘～～

1
2
DOG
18
CAT
可惡~~只差十八分，馬上就能追回來~~~！
喵~~~
CAT FOOD
好~~
拜託你囉，麥可~
加油啊~~

來吧！

汪！
*丟
喵！
*噹

貓咪啊，果然還是不適合打棒球……

THE END

Vol.25 親密接觸

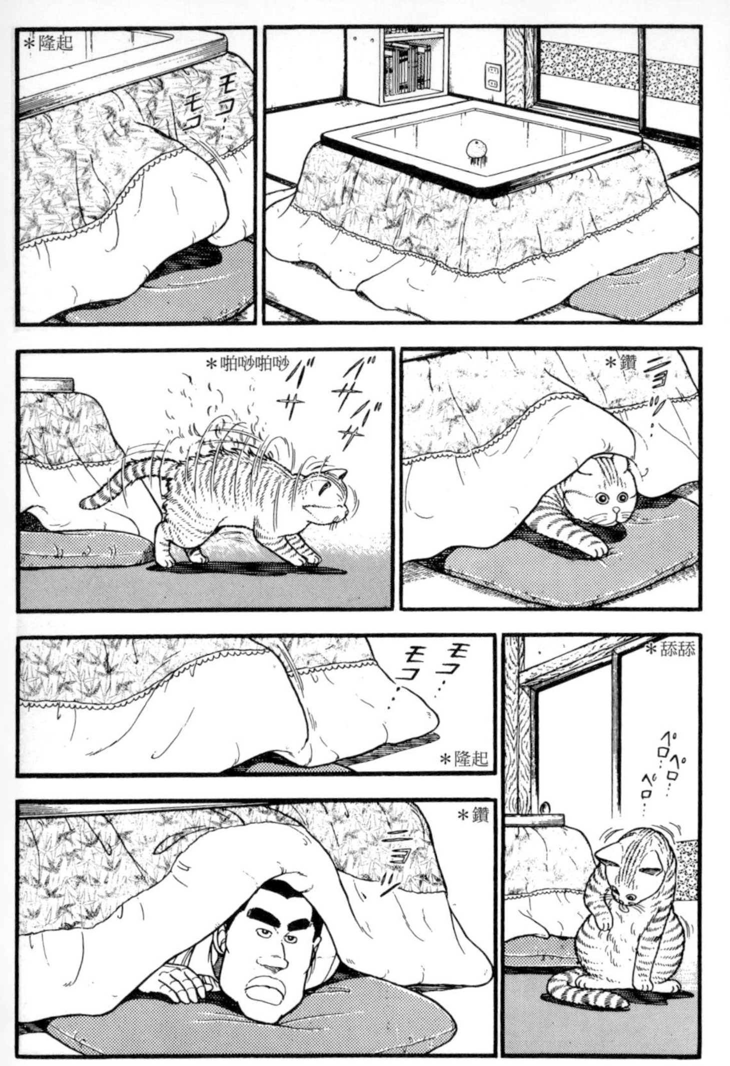

*隆起
モコ…モコ
*鑽
ニョ…
*啪唦啪唦
バサバサ
バサ
モコ…モコ…
*隆起
*鑽
ニョ
*舔舔
ペロ…ペロ…ペロ…

……
你幹嘛跑走啊……

我可是因為重視與你的親密接觸，才鑽進暖桌這麼狹小的空間耶……

來，過來吧……
我們一起睡啦……

……
……

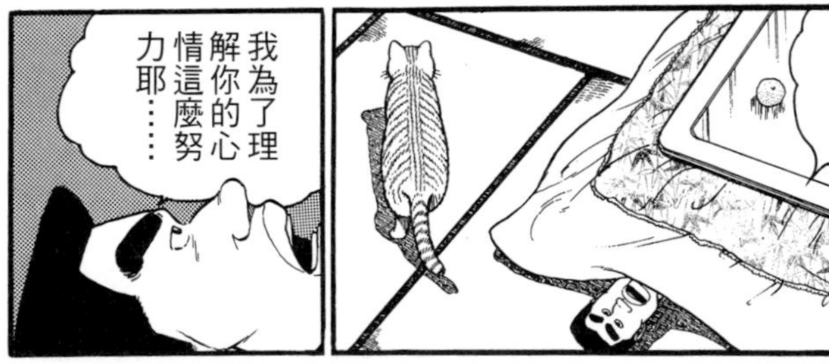
等等……
我為了理解你的心情這麼努力耶……

你難道不了解我的心意嗎？
＊跑
ダダッ
等一下！

＊咚咚
トーン
トン

＊咚
トーン

＊舔舔
ペロペロ

我知道了……

如果你要這麼我行我素……
＊吱呀
ギー
我也不再多說什麼了……

但是，如果你打算跟我一起睡，隨時都可以過來……
那麼，晚安囉……
……
……

THE END

Vol.26
麥可的初夜

＊嗒嗒嗒嗒
ダダダダダッ
呼哈呼哈呼哈

呼哈呼哈呼哈
ドドドドドド
＊咚咚咚咚

＊咚咚咚咚
ドドドドド
啊嗡～
啊嗡～
……
……
啊嗡～～
老公……
麥可又發情了……
嗯……

我們住的是公寓，也不能讓他在外面自由跑動……
但是，給他結紮又覺得有些可憐……

乾脆再養一隻母貓吧……
說的也是，幫他找個可愛的老婆吧！

啊嗡~~~！
然後……

麥可~~
這是你老婆噢！我們帶你老婆回來了！
嗯……
……
……

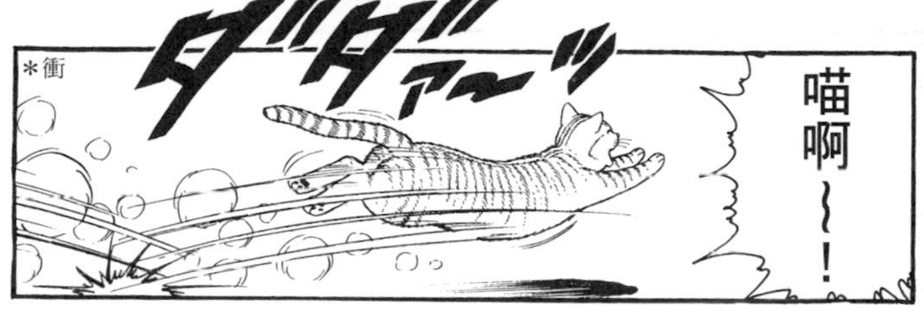
ダッダァ~ッ
*衝
喵啊~~!

咪~~
咪~~

來，這就是你的老婆，小波波~~
咪~~

……

……
咪~~
咪~~

很可愛吧！
要好好相處噢，麥可。

……

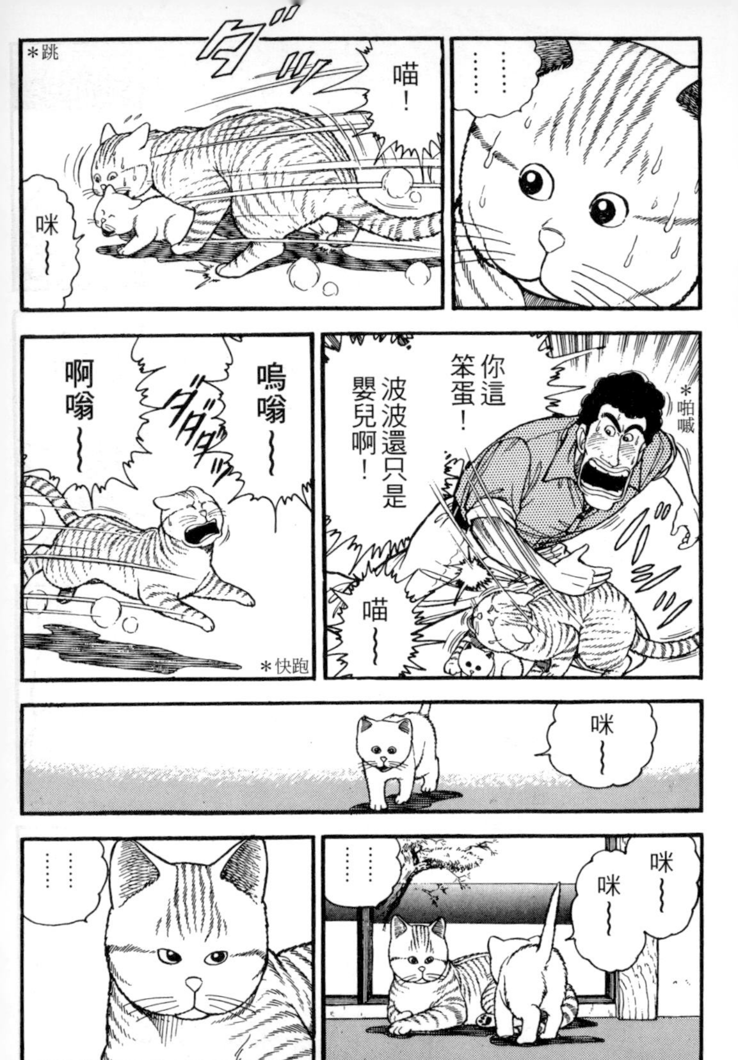
……
喵！
*跳
咪~~
你這笨蛋！
波波還只是嬰兒啊！
*啪嘁
喵~~
嗚嗡~~
啊嗡~~
*快跑
咪~~
咪~~
咪~~
……
……

……
……
チュッ
チュッ
チュッ
チュッ
＊吸吸吸

你看，波波以為麥可是媽媽，在吸他的奶～～
哈哈哈哈，真可愛～～

……
……
チュッ
チュッ
チュッ
＊吸吸吸

……
……

ガバッ
＊撲
喵！
咪～～

你這個笨蛋～～
就不能等到波波長大嗎～～！
＊啪嘁
喵！

THE END

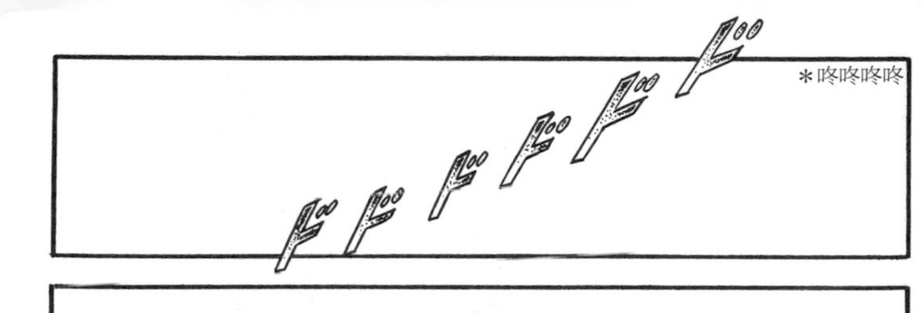
ドドドドドドド
＊咚咚咚咚

Vol.27 戰鬥吧麥可！

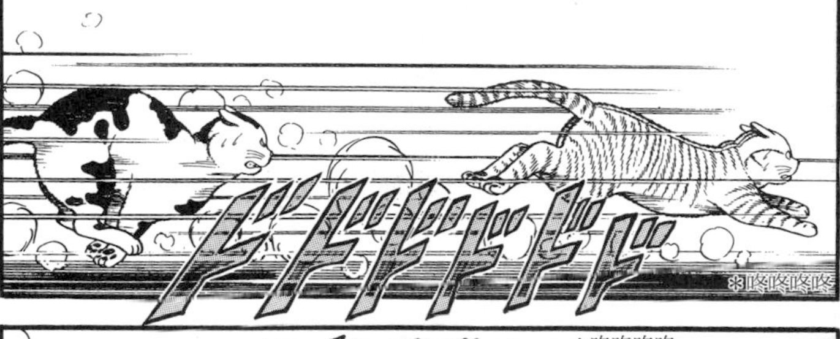
ドドドドドドド
＊咚咚咚咚

ドドドドド
＊咚咚咚咚

＊咚咚咚咚
ドドドドドド

＊咚咚咚咚
ドドドド

＊咚咚咚咚
ドドドドドド

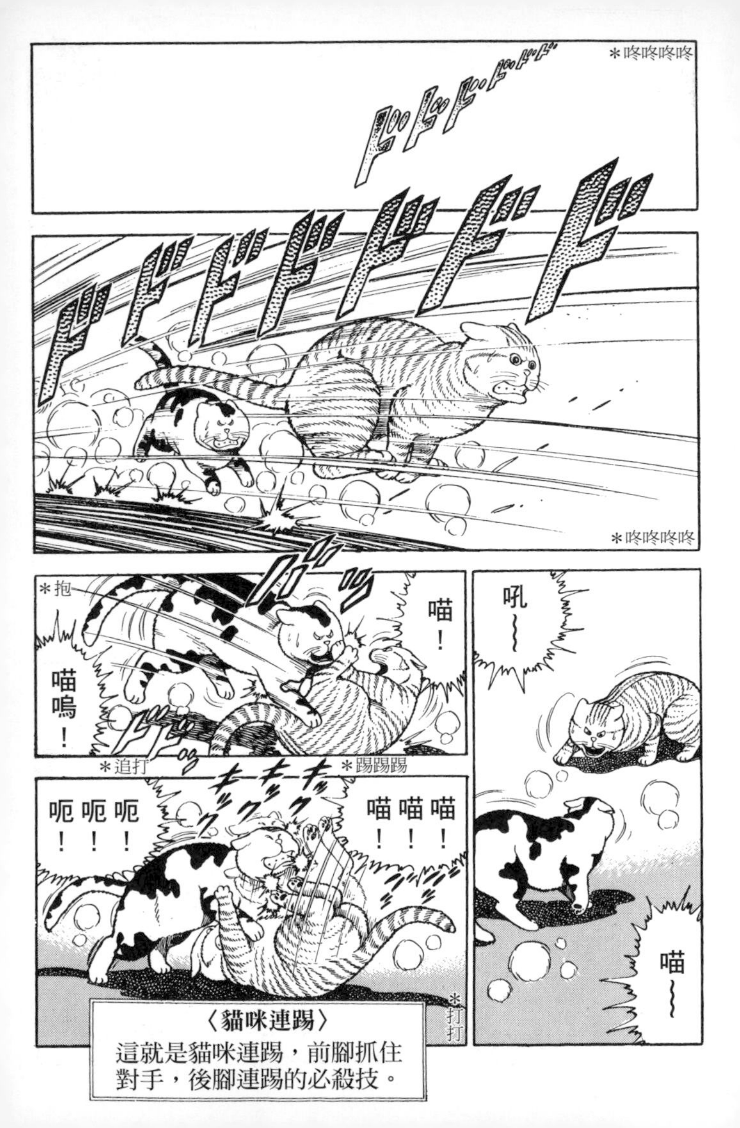
*咚咚咚咚
*咚咚咚咚
喵！
*抱
喵嗚！
吼～～
*追打
*踢踢踢
喵喵喵！！！
呃呃呃！！！
*打打
喵～～
〈貓咪連踢〉
這就是貓咪連踢，前腳抓住對手，後腳連踢的必殺技。

〈貓咪連踢回敬〉
貓咪連踢就要以貓咪連踢回應，持續到一方停下為止。
＊抱
喵嚕！
喵喵！！
＊抓抓抓
喵喵！！
＊打打打
呼～
＊跳開
呼～
嗚～
嗚～
嗚～
嗚～
吼～
吼～
呼哈呼哈……
＊舔舔舔
呼哈呼哈……
〈理毛〉
貓在緊張、興奮的時候，會整理毛髮讓心情穩定。

〈斜行移動〉
貓變得興奮時
會斜著跑跳。

野貓打架有其意義，
有時甚至賭上性命……

THE END

汪汪
汪～
（啦啦啦～）

汪……

……

Vol.28
喵吉拉又來了！

*瞪
ギロ…
喵吉拉……四歲，母……
體重十五公斤……
是連狗都會害怕的街頭老大……
*嘎啦
ガラーッ
當然，鋁門窗之類的也能輕鬆打開……

……
所以，開冰箱這種事更是輕而易舉……
*嘰

ベローン
ベローン
ムシャ
ムシャ
＊嚼嚼
＊舔舔

＊嚼嚼
ムシャ
ムシャ

＊嗝
ゲプ…

＊舔舔
ペロペロ

＊舔舔
ペロ
ペロ

＊抬腳
ドシ…

＊彎
グ…

＊滾
ゴロ…

＊嘎啦

啊！

咕～～

又是這隻喵吉拉～～！
隨便跑進別人家～～！
給我出去啦～～！
＊追打

噓！
噓！
噓～～！

真是的～
有夠厚臉皮～

哎呀……

……
……
麥可！

你在這裡！那你怎麼不趕她走～！
你的飯被她吃掉了耶～！
喵吉拉，給、給我等著～
麥可對喵吉拉，又多了一筆未了的帳……

THE END

Vol.29

緊張！山村刑警的監視

ガサ…
*唦唦
……

……

……

＊咔嗒
嗯……
＊嗯
＊悄悄
……
……
＊悄悄
＊嗯嗯
＊噠噠
不、不要過來……
去那邊！
＊揮揮
噓！噓！
去！去！

呼～～
哎呀……
ポト!
*撲咚
コロ コロ…
*滾滾
コロ…
*撥
算我拜託你了，去那邊～～
去！去！
ン…
*嗯
呼～～

*唦唦
嗯～
……
!!
*翻找
ガサ
ゴソ
*倒
グデ…
……
*打翻
*嘎啦

監視……
其實需要耐性……

THE END

Vol.30

「愛之詩」
波波和麥可

經過了八個月，
小波波也長成
美女了。

然而，
她愛吸麥可乳頭的
習慣沒有改掉。

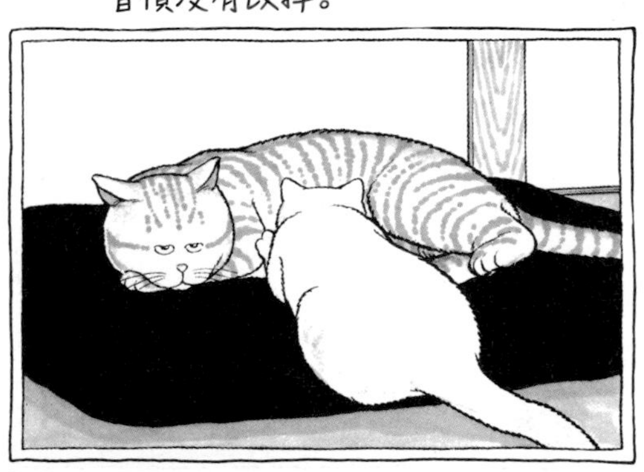

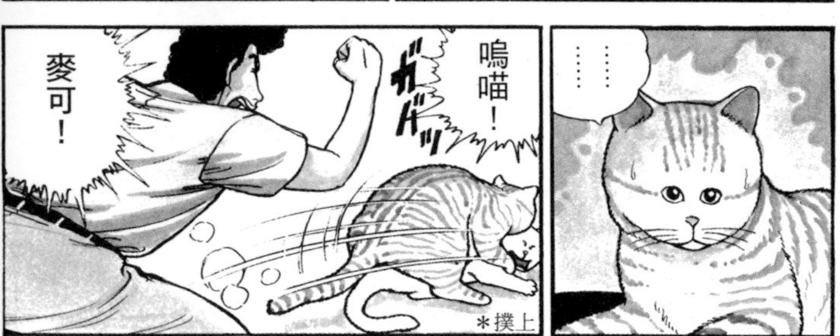

但是，兩隻貓的感情非常好。

然後某一天……

是、是發情期到了嗎~~~！
嗚喵喵喵！
好耶~~要加油噢，麥可！
上啊~~~！

*衝
ダッ
嗚喵~

*嚼嚼
ムシャムシャ…

這傢伙~~一臉得意的樣子！
打了幾發啊？嘎~~~！？
哈哈哈

接著，居然生下八隻長得跟麥可幾乎一模一樣的小貓。

實在是太可愛了，可愛到讓人不忍心送走。

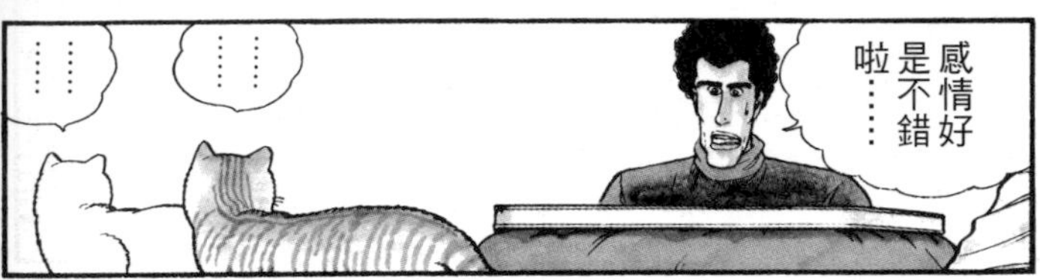

THE END

Vol.31 一起生活

人類用

嘿！那是我的位置。
給我下來！

……
嗚喵……
我喜歡貓，
但我不會因為這樣就寵貓，貓就是貓，不是人，所以我們家把貓和人分得很清楚。
人類用
類

嗯……

貓咪用

嗚喵喵喵喵喵喵嗯
貓咪用
抱、抱歉

嗚喵嗯喵嗚喵喵喵
嗚喵嗚喵嗚喵嗯
(意思不明)

ジャ
*唰

*嘩啦
バシャ
バシャ

*嘩啦
*舔舔
ペロン
ペロン
ペロン
バシャ
バシャ
バシャ

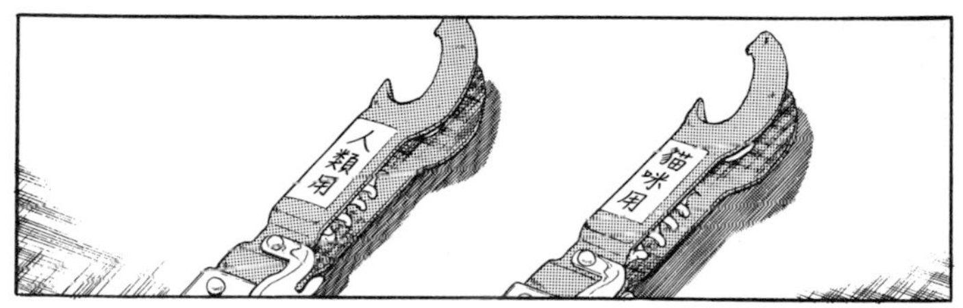
貓咪用
人類用

＊嚼嚼
ムシャ ムシャ
ムシャ ムシャ
人類用
人類用
貓咪用

＊舔舔
ペロ―ン
ベロ―ン

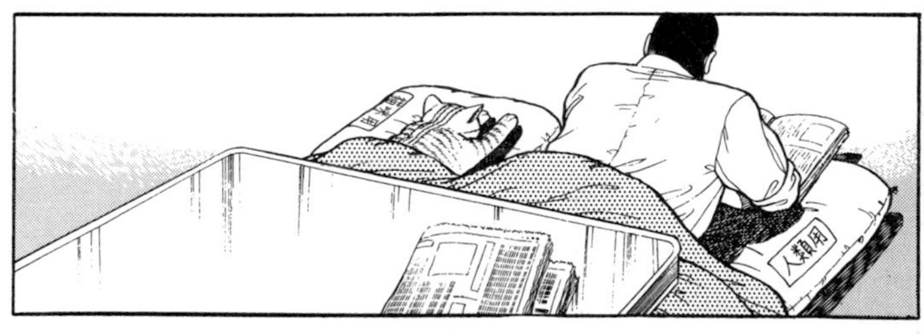
人類用

＊咕啊
ワア…
ワア…

＊哦
人類用
＊啪噹
貓咪用
人類用
貓咪用

＊嘎啦
貓咪用
ガラ…
＊嘎唧
貓咪用
ガランガラン
人用
貓咪用

＊唰啊啊
ジャアアアア
用
ザッザッザッザッ
貓咪用
＊沙沙沙！
人類用
貓 用

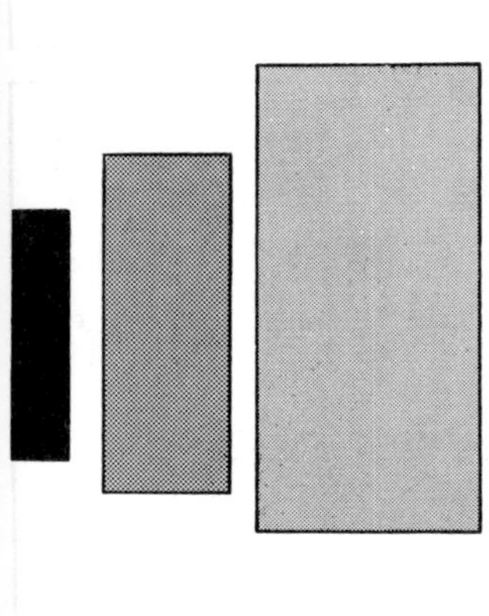

THE END

Vol.32 心愛的藤製家具

*抓抓抓
嗯……

*抓抓抓
……

……
……
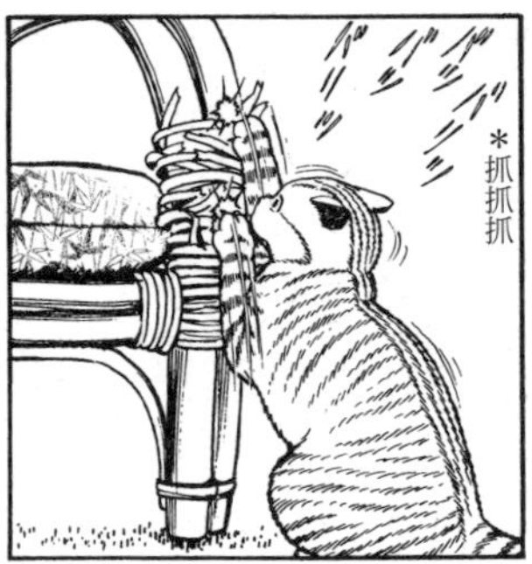
*抓抓抓

*抓抓抓
啊啊~~!

住手~這不能拿來磨爪子啊~
*衝
這個可是很貴的~~

呼哈呼哈呼哈
呼哈呼哈呼

我、我們忘記一個關鍵了……
藤製家具是貓咪的最佳磨爪工具……

要怎麼辦啊！老公！
唔～～呃～～

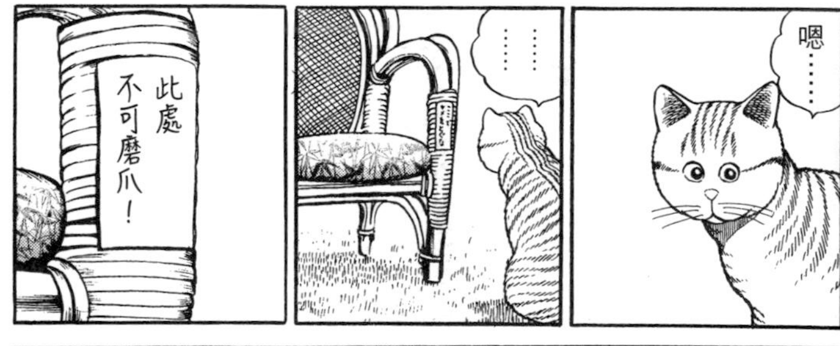
嗯……
……
……
此處不可磨爪！

……
……

バリバリ
貼這種紙沒有用的啦~~
麥可又看不懂~~
＊抓抓抓

怎麼辦~~~
想想辦法啊！你以前不是想當發明家嗎！
呃~~

對了！
那換這招怎麼樣！

在麥可的腳底，黏上正極朝外的磁鐵……

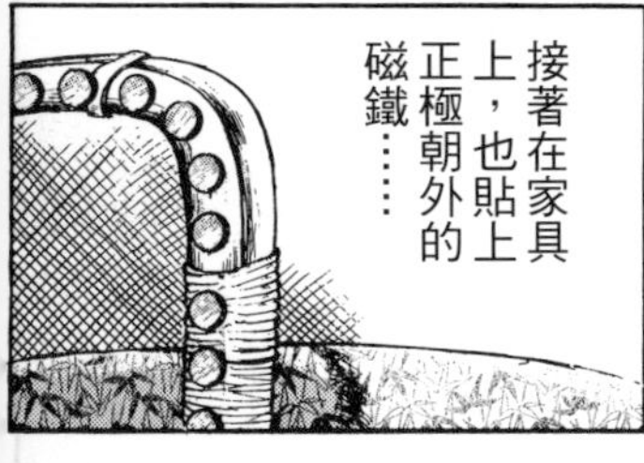
接著在家具上，也貼上正極朝外的磁鐵……

這樣一來，因為兩個正極互斥，想接近家具，麥可就算也永遠都碰不到！
這哪有可能啊！你以為麥可會乖乖讓你黏磁鐵嗎？

那麼，這樣做如何？
將藤製家具換成橡皮做的，以假亂真。

這樣一來，就算麥可跑來磨爪子，也只會把橡皮拉開……真品我們就放到儲藏室。
這樣就沒有意義了啊……！

看來只能在家具的四周放置吊繩或做陷阱了……
要是人不小心碰到的話怎麼辦～～～！

嗨，鈴木，還好嗎？
哎呀，部長和課長，請進！

養貓的人家裡，最好不要買藤製家具……

THE END

Vol.33 加世子！

麥可的強敵
終於登場……
她的名字是
……
加世子！

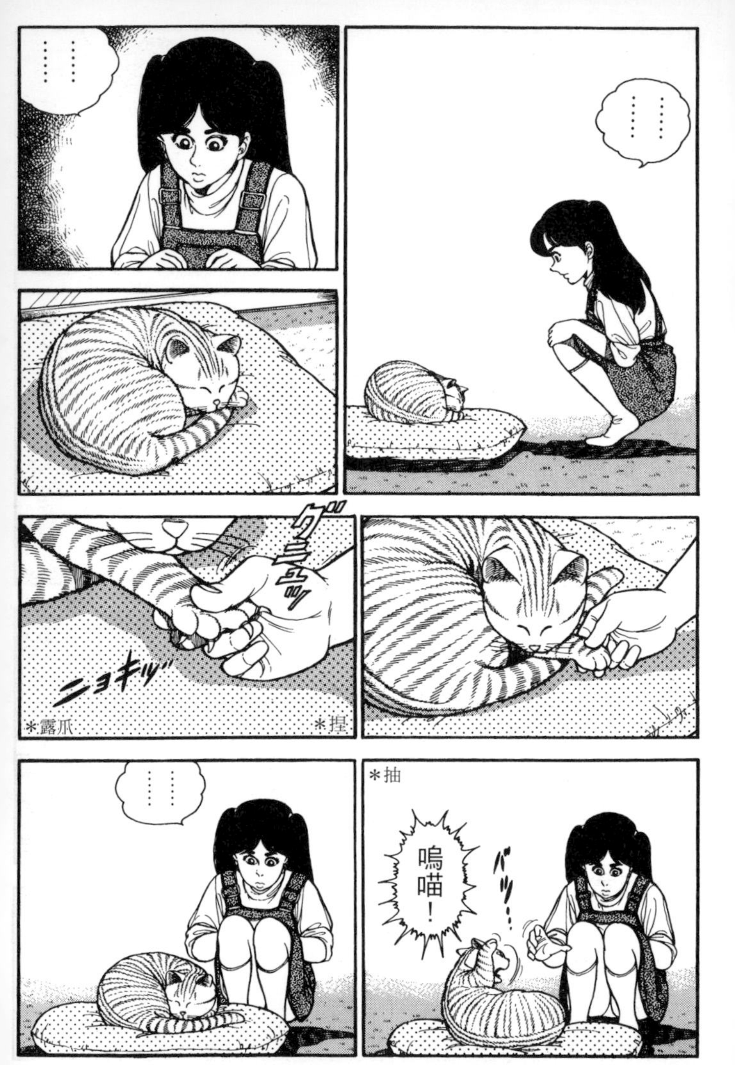

……
……
グニュッ
*捏
ニョキッ
*露爪
*抽
嗚喵！
バッ…
……

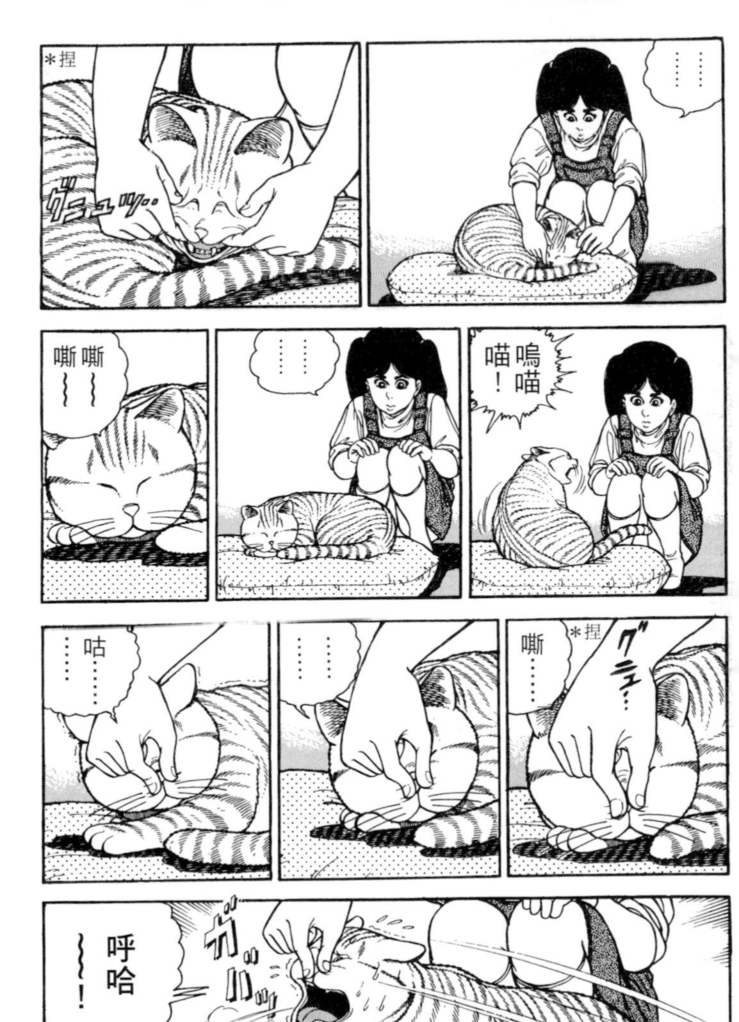
……
……
*捏
グニュッ..
嗚喵喵！
……
……
嘶嘶~~
*捏
嘶……
グニュ…
……
……
……
咕……
呼哈~~！
ガバッ
*起身

＊溜
ダッ
嗚喵
喵喵

＊咚
トンッ

＊呵欠

＊塞入
カポッ
咕啊……

……
……

＊舔舔

*舔舔
……
*咕啊
嗯咕……
嗯咕咕咕咕……
……
嗚喵喵！
嗚喵~~！
ダダダダ
*嗒嗒嗒嗒

THE END

Vol.34

續·黑道講座

〈黑道K多采多姿的生活〉

這樣啊……
那就算了……
ブ〜〜ン
*嗡

*停下
沒留下什麼線索吧！
ピタ…

*嗡
你說什麼？五千萬？
ブ〜ン

*嗡
那玩意兒還真貴啊！
ブウ〜〜ン

東西確定沒問題嗎？
ピタッ
*停下

要是敢賣奇怪的東西給我們，就讓他知道我們組的厲害。

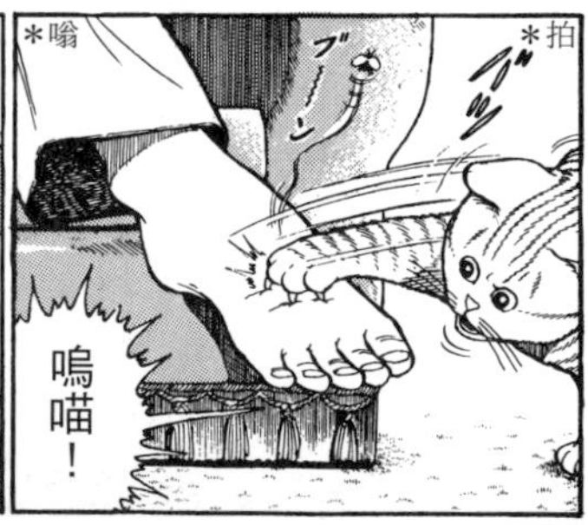
*嗡
*拍
ブ〜ン
嗚喵！

……
……

*嗡
ブ〜〜ン
啊！還有，聽說講談組那些人盯上我們的地盤了，是真的嗎？
*啪嘁
嗯〜〜
喵！

*啪嘁
那還真不好辦啊……
バシッ…
然後……
ドッ
*蹬

嗚喵喵喵
*嗡
ブゥ〜〜ン
ドドドドド
*咚咚咚咚

*停住
ビタ…
嗚〜
*跳
喵！

喵喵……

*嗡
嗚喵喵喵喵～～
ブ～ン
*叩嘍
ゴン
ザザ
*沙沙

*嗡
嗚喵喵喵～～
ブ～ン
ドドドドドド
*咚咚咚咚

*叩嘍
*碰
ゴン
ズドドドド
原來如此……

啊，沒、沒什麼事……

總之，
給我盯緊那老頭。
モワ～～…
*喵

呃……

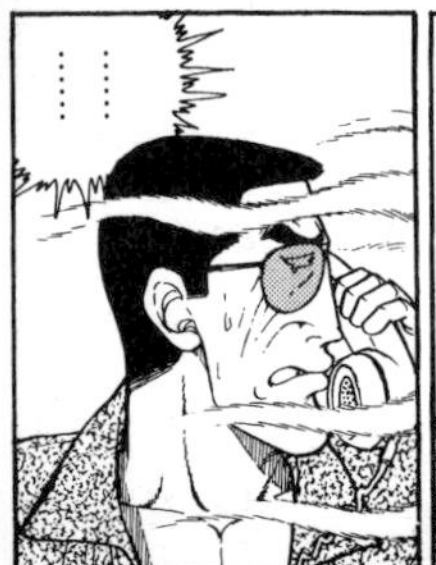
……
……

嗯～～
嗯……不、沒事……
＊沙沙！
好，我知道了。
我馬上過去，你在那裡等著。
＊咔鏘
＊叮
＊颯
……
……

THE END

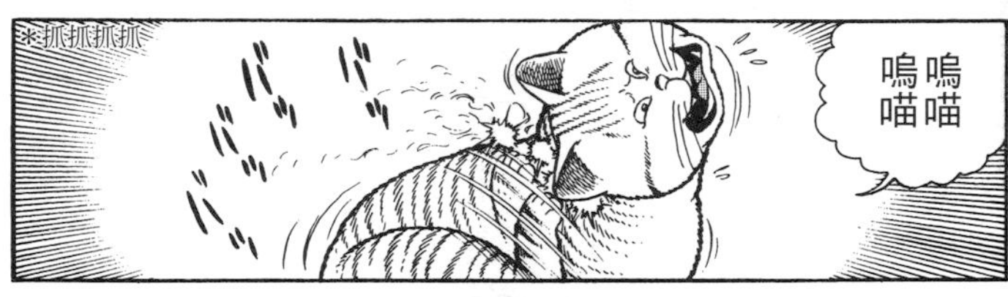

Vol.35

發病！裸體麥可！

糟糕！破皮流血了！
得去給醫生看看！

喵！

＊噠噠噠噠
等等啊～～！
タタタタタ～～ッ

栗針動物愛護病院
犬・猫・他 TEL 945-1111

有輕微的皮膚病喔！

這是濕氣造成的，是梅雨季節常發生的疾病。
那、那他還好吧？

沒事的，總之最重要的就是保持通風，
幫他做特別治療吧……

……
……

來，我們到家囉！
麥可，辛苦啦！

肚子餓了吧！
キコキコキコ
出來啊！
＊嘰叩嘰叩

……
……

＊噠噠噠噠
タタタタタ～ッ

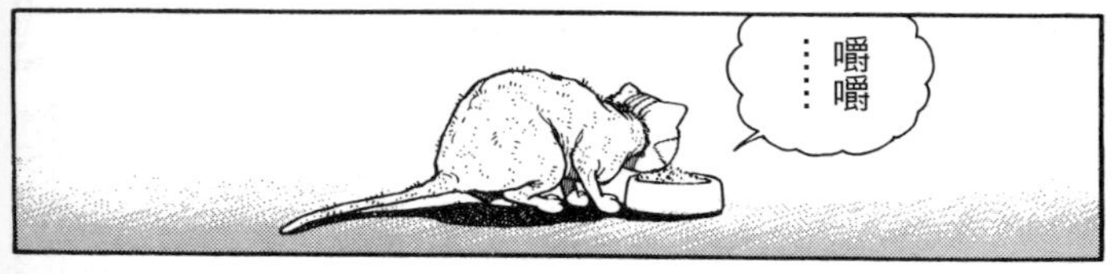
嚼嚼……

喵～～
嗯？

……
……

……
吼~~
吼什麼啦，波波！
他是麥可啊！

＊啪嗒
パタン
我回來了~~

嗯……

＊嚇
ダッ
……

這隻是什麼鬼~~!
給我出去~~!
去去去~~!
ダダッ
你在說什麼啊!
他是麥可啊!
*跑

不管怎樣,剃毛也太可憐了吧!
沒辦法啊!總比皮膚病蔓延到全身好吧!
……
吼~~

THE END

Vol.36 麥可的災難

啊～～糟糕！已經這麼晚了！
今天約了人啊～～
ガバッ
＊起身

得趕快起來！
バッ
＊抓

嗚喵喵！
バッ
＊抽
啊～～抱歉，原來你睡在那裡～～

嘿咻嘿咻～～！
ザザッ
＊啪唦
蜜柑

ピシャッ
＊啪啊

＊衝
哎呀，還沒洗臉～～！

嗚喵喵！
啊～～對不起～～
＊踩下
＊嘩啦嘩啦
＊唰唰唰
毛巾、毛巾。

＊擦擦
嗚喵喵喵！

啊～～抱歉～～我還以為是毛巾！
嗚喵！

＊嘰叩嘰叩
喵喵~~
嗚喵~~
等一下，馬上就好了啦！
＊咚咚咚

來！

＊嚼嚼

咦……
一、二、三、四……

少……少一隻！
麥可在哪裡！

麥可~~
ダダッ
*跑
麥可~~
吃飯囉~~
麥可~~

不在~~
難道又跑出門了嗎？
怎麼辦~~！

喵喵~~
啊……

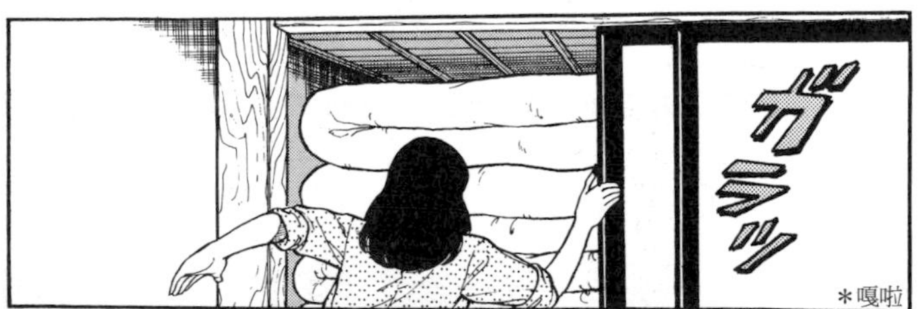

ガラッ
*嘎啦

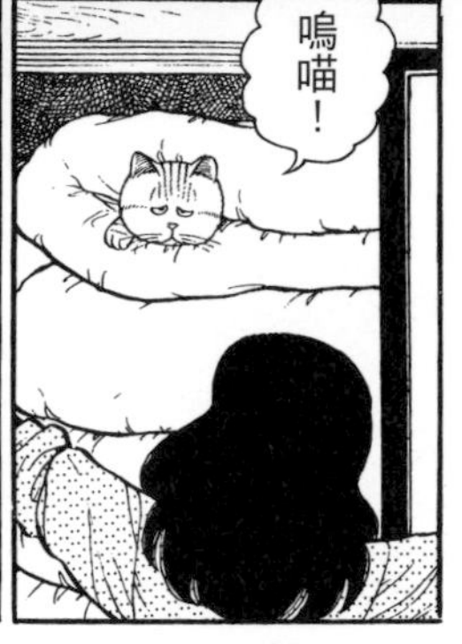

主人老是毛毛躁躁的話，貓咪也是很辛苦的啊……

貓咪也瘋狂 1 完

貓咪也瘋狂 1

What's Michael？ 1

作　　者　小林誠
譯　　者　李韻柔
美術設計　許紘維
內頁排版　高巧怡
行銷企畫　林瑀、陳慧敏
行銷統籌　駱漢琦
業務發行　邱紹溢
營運顧問　郭其彬
責任編輯　吳佳珍、賴靜儀
總 編 輯　李亞南
出　　版　漫遊者文化事業股份有限公司
地　　址　台北市105松山區復興北路331號4樓
電　　話　（02）27152022
傳　　真　（02）27152021
讀者服務信箱　service@azothbooks.com
發　　行　大雁文化事業股份有限公司
地　　址　台北市105松山區復興北路333號11樓之4
劃撥帳號　50022001
戶　　名　漫遊者文化事業股份有限公司
初版一刷　2019年1月
初版六刷(1) 2022年2月
定　　價　新台幣899元（全套不分售）
I S B N　978-986-489-023-1（套書）